Jade Sénévals

Au détour d'une femme

Photographie de couverture : Dariusz Sankowski

Jade Sénévals

Publié en 2022

ISBN n° 9791096585021

14,99€

TABLE DES MATIÈRES

À ma grand-mère

L'étrangère

« Les folies qu'une personne regrette le plus dans sa vie sont celles qu'elle n'a pas commises quand elle en avait l'occasion. »

Helen Rowland

4 juin 2001. Maroc, Meknès.

— Allez les gosses, laissez-nous tranquilles, allez, allez jouer ailleurs !

La voix de l'épicier s'était faite tonnerre soudain.

Adim et ses amis fichèrent aussitôt le camp. La médina pleine de monde, ils slalomaient, bousculant toujours quelques personnes au passage. C'était pas un endroit pour les enfants ici. Tout ce monde qui travaillait, achetait, vendait. On entendait les grosses voix des marchands haranguant les passants :

— Quelques dirhams madame, allez, laissez-vous tenter ! Regardez mes fruits ! Qui veut du poisson, des épices, des sacs, des chaussures, souvenirs du Maroc…

Adim n'en pouvait plus : la foule, le bruit, les odeurs qui chatouillent le nez. Il tourna dans une minuscule ruelle adjacente, ses copains derrière lui. Il prit une autre ruelle, puis une autre, avançant au hasard pour s'arrêter dans une rue bien

plus grande. Il ne reconnaissait pas l'endroit, il se retourna
vers ses amis :

— Qui connaît ?

— J'sais pas, j'viens jamais dans ce coin, mais les maisons ont
l'air belles, dit Jam, pointant son doigt vers la maison étagée
sur leur droite.

Les six enfants se mirent alors à admirer les habitations et
leurs jardins, tout en avançant dans la rue étroite. Adim
s'imaginait les intérieurs de ces belles maisons : il y avait
forcément de grands escaliers aux marches cirées. De grandes
pièces claires, avec des coussins doux et colorés partout. Une
grande cuisine avec un de ces frigos à deux portes, des fleurs
dans des pots transparents et des chambres pour toute sa
famille et ses amis. Et puis une petite pièce, avec un joli bureau
pour dessiner et des centaines de livres pour aller loin, ailleurs.
Une petite porte en métal noir attira son attention : on l'avait
laissée ouverte, comme si quelqu'un attendait sa visite. Il avait
l'impression de rêver, une sorte d'ivresse s'était emparée de

lui. Il entra dans le jardin. Les autres avaient instinctivement fait silence pour le suivre.

Le jardin était verdoyant, de grands arbres rafraîchissaient la chaude matinée et des centaines de fleurs donnaient couleurs et parfums au plus bel endroit qu'Adim ait jamais vu. Il lui semblait ne plus être dans le monde qu'il connaissait : tout n'était que beauté, silence, harmonie. Rien de sale, pas une tâche à ce merveilleux tableau. Il avait l'impression d'un havre de paix, l'éden en quelque sorte, seulement séparé du monde par des murs. Comme il aurait aimé rester là, à marcher sur ce minuscule sentier de pierre traversant ce jardin, parsemé de bassins, de petites fontaines, de grosses pierres humides servant de bancs. Parfois, des statues d'angelots plus petits que lui semblaient se cacher au milieu des fleurs ou derrière les troncs d'arbres, guettant les intrus, prêts à leur faire une farce. Pourtant, il le savait bien, le chemin se finirait. La maison qui se profilait devant eux venait d'ailleurs, pas du tout de style marocain. On aurait dit une ancienne bâtisse coloniale que quelqu'un avait oubliée là. La maison, fâchée d'avoir été

abandonnée, se serait mise à vieillir subitement.

—Eh ! Regardez, dit Nani soudain, montrant l'une des

fenêtres du rez-de-chaussée.

Adim aperçut une vieille dame, une Européenne qui les

regardait avec un sourire tendre.

—C'est l'étrangère, dit Jam, ma mère m'en a parlé. Elle vient

souvent à la boutique de mon père, elle achète toujours plein

de trucs. Mon père arrête pas de dire que c'est une vieille dame

riche qui vient finir sa vie ici, et qu'elle ferait mieux de repartir

dans son pays. Ma mère elle, elle l'aime bien.

—Moi, j'la connais pas, dit Caille, mais on ferait mieux de

déguerpir avant qu'on nous trouve ici et que nos parents

l'apprennent.

—Non, vous pouvez rester, ça ne me dérange pas.

La vieille dame était à un mètre à peine. Elle souriait. Elle avait

un visage bien vieux, avec des rides aux coins des yeux, des

cheveux blancs et de longues mains toutes fripées. Elle portait une longue robe bleue et un petit pendentif doré autour du cou.

Adim se sentait bien avec ce sourire qui donnait une impression de calme et de paix. La dame fit quelques pas pour les rejoindre. Elle avait des yeux bleus, pétillants, pleins de malice. Elle regarda Adim :

— Alors, mon jardin vous plaît ?

— Oh oui, il est très beau, sautilla Nani.

— Voulez-vous entrer à l'intérieur pour prendre le thé ?

— Oui, répondirent-ils.

— Peut-être que… On veut pas vous déranger.

Adim se sentait mal à l'aise tout à coup.

— C'est une étrangère, chuchota-t-il à sa sœur qui le regardait d'un drôle d'air.

— Elle est gentille, Ad.

Les enfants entrèrent, Adim fut le dernier à passer la porte. Il eut le souffle coupé. Il y avait un grand et bel escalier juste en face de lui. Et partout, son regard se posait sur des objets inconnus. Cela fit rire Nani :

— Vous voulez ouvrir un musée ?

— Non ma petite, ria-t-elle. Ce sont des objets personnels, des

souvenirs.

— Comment vous avez eu tout ça, ça vient de votre pays ?

questionnait Jam, qui n'avait jamais vu autant d'objets dans

une maison. Elle lui faisait penser au bazar de son père.

— Mon pays ? Non, rien ne vient d'Angleterre.

— Pourquoi ? demanda Adim.

— L'Angleterre n'a jamais été vraiment ma maison, tu sais.

Tandis que les autres admiraient des objets de toute sorte,

questionnant la vieille dame sur leur emploi, Adim était attiré

par une autre pièce, séparée par un simple rideau.

— Tu peux entrer, dit la dame.

Il se retrouvait dans un salon où des dizaines de coussins

avaient été éparpillés sur des banquettes. Il y avait de beaux

rideaux bouffants autour de grandes fenêtres qui laissaient

passer d'énormes flots de lumière. Tout était bleu : les

coussins, les rideaux, les meubles, la peinture, les objets. C'était beau, mais Adim n'osait plus avancer. Il se demandait qui pouvait bien posséder de telles choses.

Soudain, il se souvint qu'ils avaient oubliés de…

— Au fait, je me présente, je m'appelle Adim, et voici ma sœur Nani.

Il s'arrêta net et ses camarades se présentèrent.

— Et bien moi, je m'appelle Eléanor Caldwell, mais en général, on m'appelle Ellie.

— T'as des enfants ? demanda Bibi.

— Oui, trois garçons, mais ils sont grands maintenant. Certains ont même des enfants.

— T'es une grand-mère alors, déclara Nani.

— Oui, c'est ça, je suis une très vieille personne, ria Ellie.

— T'as quel âge ?

— je vais bientôt fêter mes quatre-vingts ans.

Sed regarda ses doigts pour essayer de compter, mais il y renonça :

— Ça fait beaucoup, dit-il, l'air dépité.

— Et oui, sourit Ellie, j'ai vu se dérouler devant moi presque tout le vingtième siècle.

Elle se pencha vers Sed, l'air espiègle :

— Tu te rends compte ?

Le petit garçon, l'air hébété, secoua la tête pour dire non.

— Vous avez dû vivre des trucs super importants, dit Jam.

— Oh tu sais, on est souvent que de lointains témoins de l'histoire qui avance.

La dame semblait songeuse.

— Je me suis pourtant fait un bien bel album de souvenirs en quatre-vingts ans, ajouta-t-elle en montrant tous les objets curieux de la salle d'entrée.

Nani ria aux éclats :

— C'est sûrement l'album le plus gros qui soit.

La vieille dame sourit à nouveau.

— Je suis photographe, j'ai pris des milliers de clichés à travers le monde.

— T'as fait le tour du monde ! déclara Sed, enthousiaste.

— Oui, sûrement plusieurs fois.

—Ouah, dit Jam, c'est génial.

—Quels pays avez-vous visités ?

—C'est une bien longue liste. Je crois avoir visité presque tous les pays d'Afrique.

—Ouah, vraiment ?

—Vraiment ! Bien sûr avec les changements d'état, ce serait difficile de les répertorier.

—Mais tu ne connais que l'Afrique ? questionna Nani en recevant un coup de coude de son frère.

—Oh non ! J'ai parcouru l'Asie, l'Europe, les Amériques, les îles du monde entier…

Sed se tortillait sur ses jambes, et finit par couper la conversation :

—Je dois rentrer, mon père va se fâcher…

—Il se fâche toujours de toute façon, lui répondit Nani.

—Oui, mais c'est lui qui se fait disputer, plaisanta la vieille dame. Pas toi, mon enfant.

Nani lui fit un grand sourire.

—Alors on y va, déclara Adim en chef de groupe.

Le thé se sera pour une autre fois, fit Nani tandis qu'ils se dirigeaient vers la porte.

— Revenez me voir quand vous voulez. Je vous parlerais des pays que j'ai visités, je vous montrerais des photos

— Demain ! fit Nani.

— Vous nous raconterez tous vos voyages, s'exclama Caille en faisant de grands gestes qui devaient ressembler à un avion prêt à s'envoler.

Les enfants avaient déjà disparu de l'allée du jardin.

— Oui, dit-elle à mi-voix, je vous raconterai.

Elle resta encore un instant à regarder le jardin vide et silencieux. Elle ferma alors les yeux pour fixer cette image dans sa mémoire. C'était un truc à elle. Depuis qu'elle était enfant, elle redessinait, les yeux clos, les images dont elle voulait se souvenir, jusqu'à ce que, dans son esprit, chaque détail soit exactement semblable à la réalité. Brusquement, une image la traversa. Elle se revit, à peine plus jeune, assise sur un rocher, au bord du désert, guettant le retour de, je ne sais, quel cavalier ou rayon de soleil éclairant les dunes. J'aimais tant regarder les effets du soleil sur le sable, pensa-t-elle. Elle revint à l'intérieur et s'assit sur le canapé tendu de bleu, les yeux fixés sur la fenêtre, continuant de contempler le jardin. Replonger dans les souvenirs, se dit-elle, faire une sorte de bilan. J'ai réussi ma vie, j'en ai la conviction, mais pourquoi ? Si mes arrière-petits-enfants, comme ces enfants, me demandaient un jour de leur raconter ma vie, me souviendrais-je de tout, de ce qui fut important, ce qui changea ma vie ?

Comme lorsqu'elle était jeune, elle prit une feuille et un stylo pour mettre ce qu'elle ressentait sur le papier. C'était une sorte de retour en arrière, pour fixer le temps qu'elle avait vu s'écouler et qu'elle voulait partager avec ces joyeux enfants de Meknès. Les mots commencèrent à noircir la feuille blanche :

—J'ai voyagé bien des pays. J'y ai retrouvé assez de moi-même pour ne pas y être perdue. J'y ai découvert de quoi fasciner mon esprit, agrandir mon âme, faire palpiter mon cœur. J'ai encore dans la tête les plus belles prises de vue, les plus beaux paysages. J'ai aperçu les plus beaux objets, les bâtiments les plus imposants, les palais les plus majestueux. Que de merveilleux souvenirs ! Pourtant, la plupart des gens ont peur des souvenirs. En avoir signifie qu'on est vieux, s'en rappeler implique les regrets. Je ne suis pas cette voie. Mes souvenirs – heureux ou pas- me sont précieux. Ce qui m'est arrivé autrefois, le chemin que j'ai suivi m'a amené là où je suis aujourd'hui. Je regarde le passé avec tendresse. Je me souviens : comme j'ai été folle, désemparée, heureuse et mélancolique. J'ai trop bien rempli ma vie, les quelques évènements malheureux qui l'on parsemée m'ont permis de chercher et d'atteindre le bonheur, ou du moins, la sérénité. Et la mort ne sera pas une fin. Rien ne finit jamais. Ce que nous faisons reste toujours, comme les pierres des anciens temples. Restent des marques. Sinon gravées dans la pierre, à jamais imprimées dans les mémoires, même quand les noms s'oublient. Nous sommes toujours vivants en fait, en filigrane dans les cœurs. Nos bouts d'os clairsemés deviennent le terreau des temps à venir. Et j'ai bien semé. L'Anglaise de dix-sept ans qui dessinait ses rêves et partit les colorier : archéologue, photographe, aventurière. Une femme qui apprit bien des choses, rencontra bien des gens, eut une vie bien remplie.

Pourquoi ? Juste parce qu'elle en avait envie.

Lorsque ces enfants reviendront, je leur expliquerai que je ne suis pas une étrangère. Que ce mot, par l'existence qui fut la mienne, a perdu toute signification.

Alors, reprenons ma vie par le commencement, le début est si important : de l'enfance naît notre vie future. Nos rêves peuvent éclore lorsqu'on est jeune parce qu'on y croit, et qu'alors, rien n'est impossible.

Partir

« Je crois qu'il faut presque toujours

un coup de folie pour bâtir un destin. »

Marguerite Yourcenar

J'ai donc grandi en Angleterre, mon père pour seule famille, dans un vieux château du Wiltshire qui dépérissait à vue d'œil. Depuis que j'étais enfant, je sentais croître entre moi et les autres un fossé de différences. J'ai grandi entre le château de mon père et l'un des pensionnats pour jeune fille le plus prestigieux de toute l'Angleterre.

Cet internat me plaisait bien, au début en tout cas. Je pouvais y satisfaire ma curiosité, ma soif de savoir, de comprendre. J'y ai appris beaucoup : le latin, le grec, le français, l'histoire, les sciences, et la géographie –que je vérifierais plus tard. J'étais une très bonne élève, mais peu à peu, les études devenaient moins palpitantes. Plus les années passaient, plus ce pensionnat devenait vide de sens, englué dans un train-train sans intérêt. Je tâchais de compenser mon désarroi scolaire – qui ne se voyait guère dans mes notes- par mes lectures : innombrables et éclectiques. Je me passionnais pour les biographies d'Illustres, la poésie française, la psychanalyse, les réflexions sur l'évolution et la philosophie. Je trouvais là un intérêt nouveau, je ne me contentais plus des orgueilleux professeurs. Mon comportement vis-à-vis des autres s'en fit

ressentir. Je dois l'avouer ma nonchalance et mon

insubordination me valurent quelques problèmes. Je n'avais

que peu d'amies, que je ne considérais d'ailleurs pas comme

telles, et les professeurs, qui me trouvaient excellente en classe,

ne se satisfaisaient pas de mon insolence. Je leur reprochais de

nous astreindre à un savoir limité, de nous enfermer dans un

savoir suranné. Nous devions apprendre par cœur, mais où

était la réflexion, l'esprit critique, le libre arbitre que nous

demandaient les philosophes ? Jamais nous n'exprimions nos

opinions et je me demandais souvent s'ils considéraient

comme nécessaire de nous servir de notre propre intelligence.

Il valait mieux recracher bêtement le fruit de notre

apprentissage. J'avais en horreur le fameux : « une femme ne

doit pas… » ou « tu dois te comporter en lady. »

Je me jurais de ne pas devenir, plus tard, comme ils le

souhaitaient. Je trouvais les autres filles futiles d'acquiescer

aux bonnes paroles des adultes. Je les sentais si indifférentes à

leur futur : un bon mari, des enfants, une maison ; ou plutôt, une galère avec esclaves qu'il fallait mener à bon port. Pourquoi, me demandais-je. Je refusais, je ne vivrais pas cette vie-là. Je voulais partir. Ne pas vivre ainsi. Plutôt mourir.

Bien que ma vie d'écolière me fasse souffrir, je préférais mon froid pensionnat de jeunes filles que de passer mes soirées avec ce père si calme, presque taciturne, absent. On aurait dit qu'il attendait la mort, assis dans son fauteuil ou lisant ses horribles romans de guerre. C'est comme s'il invitait la vie à quitter son corps. Je pensais que pour lui, la mort ne serait pas une fuite, mais une heureuse retrouvaille avec le silence absolu. Il était trop calme. Le bruit d'un pas, de la pluie, l'irritait profondément. Il était toujours dans une sorte de transe mélancolique que le monde ne devait pas déranger, sous peine de le voir briser son masque impassible. J'ai vécu mon enfance ainsi, avec pour seule famille cet homme, vieux avant l'âge, silencieux et froid comme la pierre. J'ai grandi avec un absent ; c'est pire que d'être seule : attendre un signe, un mot, un geste. Avoir un espoir sous les yeux, croire qu'on a quelqu'un, alors que la solitude nous écrase.

J'avais dix-sept ans et je voulais renaître. J'avais tellement

l'impression de ne pas vivre. J'avais envie de lumière,

d'espace. Je me sentais en prison. Je ne voyais rien de nouveau,

je n'apprenais rien d'intéressant. Je me noyais peu à peu dans

la vie monotone de mon père et du pensionnat. Je pensais

qu'ils ne voyaient pas ma détresse, qu'ils ne se rendaient pas

compte que j'étais en train de mourir. Seul existait leur monde

étriqué. Moi, je rêvais de fenêtres, de trains, de bateaux, de

fuites en pleine nuit, d'un sauveur qui m'emmènerait faire le

tour du monde. Jour après jour, je me rendais compte que les

portes se fermaient, que personne ne viendrait. Il fallait que ce

soit moi qui me sauve. Je devais me battre, sortir d'ici à tout

prix. Heureusement, le hasard me donna une petite chance : un

but. Je ne ratais pas l'occasion.

1938. Cette année-là, Agatha, la sœur de ma mère décédée,

venait nous rendre visite pour les fêtes de fin d'année. Mon

père, indifférent, me l'annonça de manière banale, comme si

c'était banal. J'ai bien vite compris qu'Agatha, que je n'avais pas vue depuis cinq ans, serait mon invitée et que mon père ne souhaitait pas qu'on le dérange, comme toujours. Le temps paru moins long. J'attendais ma tante avec une impatience d'enfant : elle, célibataire, vivant à Paris, passionnée d'art, ayant des connaissances dans tous les domaines. Je me disais que c'était elle mon sauveur. Elle qui m'emmènerait loin d'ici, qui comprendrait ma détresse. Agatha arriva une semaine avant Noël. Je la revois encore descendre du train, si élégante, que je me sentis ridicule, honteuse, habillée comme une collégienne de quinze ans. Je l'embrassais, le souvenir qui me reste encore d'elle est son parfum : une odeur mélancolique, presque amère, un peu fleurie, si enivrante. Ce parfum ressemblait, trait pour trait, à celle qui le portait.

Tout se déroula merveilleusement bien. Agatha, je l'ai vite compris, n'était là que pour moi. Elle voulait m'emmener en ville, m'acheter des robes, des gants, des chapeaux, me parler comme à une femme, disait-elle. J'étais très heureuse qu'on s'occupe de moi, exclusivement de moi. Mais je comprenais aussi que ce n'était pas elle qui me sauverait : elle voulait faire de moi une jeune femme bien élevée, bonne à

marier, peut-être pour réussir quelque chose qu'elle sentait lui

avoir échappé ? Je n'étais pas d'accord. Elle évitait de me

parler de sa vie à Paris, comme si elle n'était pas quelqu'un de

bien. Je la pris par surprise lorsqu'elle me demanda ce qui me

ferait plaisir pour Noël, peu importe le prix. Je lui donnais une

liste de livres et lui expliquais que je rêvais d'un carnet de

voyage en cuir pour noter mes impressions lors de futurs

voyages. Elle parut décontenancée :

—C'est très bien, me dit-elle hésitante, une dame se doit d'être

cultivée…

Je ne la comprenais pas.

—Je croyais que tu avais des amis artistes ?

—Oui, mais c'est différent.

Différent. En quoi était-ce différent ?

Noël passa. Mon père, plus morne et silencieux que

d'habitude, semblait réellement faire des efforts pour ne pas

nous gâcher les fêtes. Il nous laissait dans sa bibliothèque et

montait dans sa chambre. Anne, la vieille cuisinière, semblait perturbée. Je ne comprenais rien à ce qui se passait. Agatha reçut une lettre : deux de ses amis venaient passer quelques jours au château la semaine suivante. J'étais un peu triste : il s'agissait d'un vieux Monsieur et de son assistant. Quel ennui en perspective ! Était-ce cela les amis de ma tante ?

Je m'étonnais de plus en plus.

Nous fêtâmes la nouvelle année sans une once de joie. Nous faisions semblant. Moi-même, j'aurais préféré la fêter seule dans ma chambre. Ce que mon père et ma tante devaient souhaiter aussi, du reste. La veille de l'arrivée de sir Hector, une discussion entre Agatha et mon père me sortit du lit :

— Comment peux-tu la laisser ainsi ? C'est bientôt une femme, John, elle devra se marier et ne connaît rien de sa vie future. Elle est si belle, elle trouvera facilement un mari avec son nom. Laisse-moi l'aider à faire son entrée dans le monde, à l'aider pour qu'elle se trouve un mari

Agatha tournait autour de mon père tel un oiseau de proie, lui parlant de ma façon de m'habiller, de marcher. Heureusement que je suis venue, répétait-elle sans cesse.

J'étais terrorisée. Elle, ma tante de Paris, était comme tous les autres. Mon père ne disait pas un mot, Agatha continuait son discours.

— Écoute John, tu l'as mise dans une excellente école et c'est bien, elle est cultivée, très intelligente. Mais, un homme cherche une femme pour gérer sa maison et se faire des amis. Crois-moi John, tu cours à la catastrophe si tu la laisses faire ainsi comme il lui plaît.

Mon père ouvrit enfin la bouche :

— Laisse-la tranquille.

J'étais soufflé, mon père me défendait, lui qui n'avait jamais rien dit.

— Laisse-moi la prendre, John. Tu n'es pas à même de t'occuper d'une jeune fille.

Lentement, le visage de mon père se crispa. Cette fois, il haussa le

ton :

— Je suis son père et tant que je serais en vie, ma fille fera ce qu'il lui plaît. Et, il n'est pas question qu'elle parte avec toi à

Londres faire les dîners mondains pour trouver un mari. Elle n'est pas à vendre. De toutes les femmes du monde Agatha, tu es bien la dernière à qui j'aurais cru avoir à expliquer cela ! Ta sœur en serait mortifiée.

Il reprit son calme devant une Agatha médusée.

—Va te coucher maintenant, Agatha, et oublie ton idée.

Mon père ne souhaitait pas me marier. Quelle joie ! La vie, tout à-coup, me semblait bien plus facile. Il m'avait vraiment surprise. Je m'étais trompée : je pensais que ma tante voudrait me libérer et mon père m'emprisonner, mais il n'en était plus question. Pendant longtemps, les mots de mon père restèrent gravés en moi. Je n'étais pas à vendre et jamais je ne décevrais cette phrase. Même s'il ne me parlait jamais, mon père ne me disputait jamais de rien non plus. Je n'ai su apprécier cette liberté que bien tard.

Le lendemain me réserva une surprise encore plus grande. L'ami d'Agatha, sir Hector, devait partir, deux mois plus tard, faire des recherches archéologiques en Égypte. Mon père, très ennuyé de tout ce monde, ne se montrait guère. Quant à ma tante, elle discutait avec l'assistant : Greeves. Un homme d'une

quarantaine d'années, le front dégarni et les cheveux noir

corbeau. Il me faisait froid dans le dos. Je l'appelais en moi-

même le croque-mort : je l'imaginais très bien creusant la terre

pour y enterrer les morts. J'avais donc pour moi seule sir

Hector qui, malgré ses soixante-cinq ans, ses cheveux blancs et

sa petite taille bien enrobée, était la personne la plus joyeuse et

la plus enthousiaste que j'ai jamais rencontrée. Nous parlions

pendant des heures d'Alexandrie, du Nil, du Caire, de

Louqsor, de la route maritime pour atteindre l'Égypte. Il me

racontait tout ce qu'il savait de l'histoire antique : les dieux,

les pharaons, les hiéroglyphes, le papyrus, les pyramides, le

désert, les dromadaires, les temples et la vie des Égyptiens. Il

me déchiffrait les cartes, les photographies, les dessins, les

gravures. Nous étions comme des enfants. Lui était content de

partager, de donner, d'expliquer et moi, parfaitement heureuse

de découvrir ce monde fascinant.

Mais ce temps fut trop court : sir Hector, Greeves et Agatha

devaient partir passer quelques mois à Londres. Les hommes

pour préparer leur voyage et ma tante pour se frotter à la vie

mondaine. Elle n'était pas contente : elle aurait voulu que je

vienne. Sir Hector lui, était malheureux, tout comme moi, que

nos discussions se terminent si vite, il me glissa un paquet

dans les mains, m'embrassa sur le front, et me dit qu'il espérait

me revoir, me faire part de ses découvertes. Je me souviens

encore les voir partir, mon père derrière moi dans l'entrée.

Lorsque les portes se refermèrent, j'étais à nouveau en

prison. Je ne pouvais pas en vouloir à mon père, il ne

connaissait rien d'autre que cet endroit sombre et froid. Sir

Hector m'avait laissé quelques photographies –mes préférées-

ainsi que des cartes de l'Europe et de l'Afrique qui ne m'ont

jamais quittées. La vie reprit son cours, je me sentais malade,

écrasée par la vie. Le monde semblait tourner sans moi. Mon

père me croyant souffrante, je restais avec lui. Je ne quittais

plus mon lit. Le médecin se demandait ce que j'avais : les

maladies de l'âme lui étaient inconnues. Sans cesse, je

regardais avec soin les photographies d'Égypte. Chaque nuit,

je me retrouvais dans les ruines des palais antiques ou sous l'écrasant soleil égyptien. Tous mes rêves convergeaient vers

sir Hector, comme j'aurais aimé qu'il m'emmène avec lui.

Après d'étranges nuits d'insomnies, un matin me vit résolue

à partir. Me sentant mieux tout à-coup, mon père me déclara

apte à retourner au pensionnat sous peu. Il fallait faire vite,

une fois dans ma prison d'écolière, je ne pourrai plus m'enfuir.

J'avais assez d'argent pour prendre un train, mon père me

laissant le soin d'acheter ce qui m'était nécessaire. Je me disais

: « Demain ou jamais. Ne pas répondre aux questions, ne pas

se les poser, ne pas se perdre dans les méandres du doute. Le

faire. Y aller. »

Mon but était de rejoindre Agatha à Londres et de

convaincre sir Hector de m'emmener avec lui. L'Égypte, me

répétais-je.

Ce simple mot était celui de mes rêves, il comportait en lui

tous mes espoirs. Toute ma vie semblait se jouer à pile ou face.

L'Égypte ou rien. Je préparais donc mes affaires, n'emportant

que très peu de choses. Il était inutile de s'encombrer. Par

contre, je prenais les photos d'Égypte, une de ma mère avec

Agatha lorsqu'elles avaient à peu près mon âge, une de mon père et le petit carnet de cuir offert par ma tante, pour écrire ma plus belle aventure, pensais-je. Et enfin, les cartes de sir Hector. La nuit du vingt-six janvier 1939, je ne pus m'endormir. J'écrivis une longue lettre à mon père. Pour la première fois, je lui parlais de la manière la plus vraie. Je tentais de lui expliquer mes raisons avec le plus d'intelligence et de véracité possible, je ne voulais ni le blesser ni lui mentir. Et je ne pouvais partir avec le pesant souvenir d'un père que j'aurais rendu malheureux –enfin, plus qu'il ne l'était déjà. Je lui promis d'écrire. Un peu avant l'aube, je quittais le château sans un bruit. Je me retrouvais à la gare. Il n'y avait que moi, mon costume de voyage, ma petite valise, et mes dix-sept ans. Là, sur ce quai de gare.

L'attente du train me sembla interminable. Je comptais chaque minute me séparant du moment où je quitterai enfin ce bout de vie que je n'avais pas compris. Lorsque le train partit, je me sentais légère. Les gens n'arrêtaient pas de me dévisager : j'avais le sourire aux lèvres.

—Je vais rendre visite à ma tante, expliquais-je au vieux couple assis en face de moi.

Le voyage me sembla court pour arriver à Londres. Je me disais que ça n'avait pas été si difficile. Trouver l'hôtel de ma tante fut bien plus compliqué, je ne connaissais pas cette grande ville, et quand je fus devant Agatha, il était tard. Lorsqu'elle me vit apparaître, toujours le sourire aux lèvres, elle dut penser que mon père avait cédé. Je ne voulais pas qu'elle le crût :

—Je veux partir en Égypte avec sir Hector.

Elle ne dit rien et m'emmena dans sa chambre.

—Ton père sait-il que tu es ici ?

—Oui.

Je savais qu'il ne serait pas facile de la convaincre, mais j'avais eu assez de nuits pour y réfléchir. J'avais déjà joué cette scène des dizaines de fois dans la journée.

Essayant d'avoir le visage le plus grave et le plus dur possible, je pris un ton dramatique :

—Je veux réaliser mes rêves, faire de ma vie ce dont moi j'ai envie. Je sais bien que cela peut parait inconvenant à certains, mais je n'ai qu'une vie ! Personne n'a le droit de m'en priver !

Agatha était effondrée dans son fauteuil, je crus un instant qu'elle allait s'évanouir.

—Une femme n'a pas sa place dans…

—Le monde change.

Aucune personne au monde n'aurait pu me convaincre que ce n'était pas une vie pour moi. Pas pour une femme, mais pour moi.

—Tu ressembles à ma sœur, finit-elle par laisser échapper, une larme au coin de l'œil.

Ton père va m'en vouloir.

—Non, affirmais-je, il ne souhaite que mon bonheur.

Leur dispute m'avait au moins permis de comprendre ça.

—Mon bonheur est en Égypte, ajoutais-je, laisse-moi la découvrir. Après, peut-être que je reviendrai pour me marier…

Soit, je mentais, mais c'était pour la bonne cause. Après une âpre discussion, elle acceptait de me laisser retrouver sir

Hector. Elle croyait qu'il ne voudrait pas de moi, mais je parlais la même langue que le vieil homme : celle des rêveurs.

Toute ma vie durant, je repensais à cet homme qui, avant moi, savait qui j'étais. Lorsqu'il me vit arriver, il ouvrit grand les bras et me serra en me chuchotant à l'oreille :

— Alors ? On n'a pas pu résister à l'appel de l'aventure ?

Lui, il était déjà convaincu. Il donna à ma tante toutes les garanties, toutes les paroles réconfortantes, mais la seule chose qui la soulageait était la présence d'une femme à mes côtés. En effet, Katherine, la fille de sir Hector, venait avec nous. Pour Agatha, elle était une vraie dame : belle, élégante, issu de bonne famille, cultivée, polie, et surtout, mariée. J'avais un peu peur au début : deux nouvelles personnes à convaincre, mais toutes mes craintes s'envolèrent lors de notre rencontre. Katherine m'avoua sa joie de ne pas être la seule femme qui devrait tirer les oreilles de trois hommes. Son mari, Daniel Reed, semblait timide, mais il tentait tout de même d'être chaleureux. Il était un peu gauche, mais très gentil. Katherine me prit sous son aile et nous partîmes chercher le nécessaire pour un tel voyage. Je fus très surprise lorsqu'elle me fit

essayer de sublimes robes, elle m'expliqua que, même là-bas,

les mondanités existaient. Elle me rassura par l'achat de

pantalons de femme et de vêtements d'expédition. Nous

achetâmes également de nombreux objets nécessaires à la vie

nomade.

Katherine rayonnait, elle était impatiente de partir. Elle me

raconta la première fois où son père l'emmena en Égypte :

—On ne peut que tomber amoureux de ce pays, me disait-elle.

Elle était vraiment très belle, avec ses longs cheveux blonds

aussi fins et doux que du fil de soie, ses yeux verts et son

visage, parfaitement lisse et gracieux.

Chaque semaine, j'écrivais une lettre à mon père où je

racontais, dans le détail, les préparatifs du voyage. Il ne me

répondit pas avant la quatrième lettre, un simple message

laissé à la réception de l'hôtel d'Agatha, et sa réponse fût

lapidaire :

—J'ai bien reçu vos lettres. Prenez bien soin de vous.

Continuez de m'écrire.

Nous avions fixé la date du départ au vingt février. Chaque soir, nous vérifions nos bagages et notre matériel. Quelques jours avant notre départ, Daniel, toujours aussi timide, vint me voir, le sourire aux lèvres : il tenait à me faire un cadeau. Il était de taille moyenne, brun, toujours parfaitement habillé et coiffé. Il était ravi que je fasse partie du voyage et, pour me le montrer, me fit don, sans le savoir, de la chose la plus précieuse de toute ma vie : un appareil de photographie. Il promit de m'apprendre à m'en servir durant notre voyage. Ainsi, disait-il, tu seras chargée de répertorier et de photographier chacune de nos découvertes. J'avais enfin trouvé ma place dans l'équipe : malgré mon âge, j'avais un travail qui, je m'en rendis compte plus tard, était d'une grande importance.

La veille de notre départ, je me réveillais quelques heures avant l'aube. Je me sentais bien et j'avais envie de profiter, seule, de cet état de grâce. Après deux heures de train et quelques problèmes logistiques -nous avions beaucoup de matériel-, nous arrivâmes à Douvres. Une ville froide, anglaise, où seuls les bateaux amènent un peu d'ailleurs. Je quittais enfin, et pour longtemps, mon Angleterre natale et son plus grand mystère : mon père. J'apprendrai plus tard des choses dont je n'avais pas conscience étant jeune. Plus tard, mais heureusement pas trop tard.

Le voyage pour la France ne dura que quelques heures. Là-bas, nous avons dû attendre dans le froid la correspondance avec le train pour une ville d'Italie : Trieste. Le train arriva à dix-huit heures trente précises. Je me souviens encore des voitures bleues avec, inscrit en lettres dorées l'itinéraire de ce train de légende : Calais-Trieste-Constantinople. C'était, à l'époque, le moyen de transport des personnes riches et mondaines, mais aussi la manière la plus agréable et la plus rapide de traverser l'Europe. Prendre l'Orient express fut un privilège. Dès que nous sommes montés dans ce lieu –que l'on ne pouvait appeler train-, l'humeur de notre petit groupe se fit plus légère. Je dois reconnaître que ce voyage prenait des allures inédites à mes yeux. Ma cabine, aussi exiguë fût-elle, comportait tout le confort et la coquetterie possible. Les magnifiques panneaux de bois étaient délicieusement peints de jolis décors floraux vernissés. Tous les meubles étaient en bois précieux, d'une élégante couleur acajou. L'atmosphère était à la fois détendue –nous ne nous occupions de rien- et feutrée. Nous ne pouvions parler fort, faire des remarques, tout était, en ce lieu, magistralement détourné. Il n'existait rien d'autre que le plaisir, celui de compagnies étrangères, de repas exquis, savoureux et recherchés, de paysages insolites et fascinants, d'un cadre esthétique, romanesque. Tout cela faisait de ce train un lieu unique, magique, mais il y manquait ce petit piquant de réalité, de vie vraie. Soit, je profitais le plus possible de ces trois jours de voyage, mais ce n'était qu'une captivante parenthèse. Je ne pouvais aspirer à vivre ainsi, je cherchais trop la vérité. L'approche de l'Italie fut toute différente de ce que j'imaginais, il neigeait. Arrivés à destination, mes compagnons et moi avons tout de même eu un pincement de quitter ce train fabuleux, sorte d'espace-temps en dehors du monde. Trieste était une jolie ville, mais il faisait si froid que nous n'avons pris le temps de la visiter. Février n'était pas la saison idéale pour découvrir l'Italie.

Notre bateau n'était pas aussi luxueux que l'Orient express ; mais, elles étaient tout de même agréables ces cabines, sommairement meublées et sans décor. Nous pouvions profiter des paysages de cette mer immense, seul cadre de notre traversée. Ainsi, Daniel m'initia à la photographie : prise de vue, importance de la lumière, de la distance, de la position du soleil. Mes premiers clichés étaient vraiment mauvais, mais peu à peu, je m'améliorais. J'écoutais attentivement ses conseils et lui mes réflexions sur l'emploi de cet appareil. Nous devenions complices, Daniel se laissant aller à une amitié de grand frère. Lui et Katherine me choyaient autant qu'il leur était possible. Sir Hector passait tout son temps dans ses livres, à réfléchir à ses travaux. Chaque soir, depuis notre départ de Calais, nous passions ensemble une heure à nous intéresser aux lieux explorables, intéressants à fouiller. Greeves, lui, semblant m'éviter depuis notre rencontre, m'incluait finalement dans le groupe grâce à la réalisation d'un inventaire photographique. Il me donnait des instructions –des conseils en fait. Enfin, il me parlait ; seulement de mon travail, mais c'était déjà un grand pas. Il me donnait des carnets où consigner les effets de nos trouvailles. Il m'expliquait également, dans le détail, en quoi consistait ma tâche : mesures, descriptions, photographies, comparaisons. Ce que je prenais pour de l'indifférence à mon égard était en fait une tendance naturelle au silence et à la solitude. Caractère que je connaissais bien.

Le matin du cinquième jour, la côte africaine nous apparaissait enfin. Tandis que les autres partaient mettre leurs affaires en ordre, je restais là –je n'avais pas pris la peine de défaire mes valises. Je voulais voir ce continent avancer vers moi, sentir le vent de là-bas s'engouffrer dans mes cheveux, regarder attentivement les contours de ce pays si souvent rêvé. Je savourais ce moment comme tous ceux que je vivais depuis mon départ. Ma vie semblait à présent se tracer aussi vite que le sillage de ce bateau, courant vers l'Égypte, prêt à l'embrasser. Nous approchions du port et je me sentais de plus en plus forte, la passerelle fut installée. Le choc tant attendu se

produisait, la rencontre avec l'Afrique. Je descendais la

passerelle, et touchais enfin mon rêve.

Atmosphères

« Nous agissons comme si le confort et le luxe

étaient les seuls buts de notre vie,

alors que tout ce dont nous avons besoin

pour être vraiment heureux est quelque chose

qui éveille notre enthousiasme. »

Charles Kingsley

Là, à ce moment précis, lorsque je posais le pied sur la terre d'Afrique, ma terre promise, je me sentais grande, fière. J'avais envie de bouffer le monde. Déjà, alors qu'il n'était que neuf heures, la chaleur commençait à être pesante, rendant Katherine malade. Des porteurs, habillés à l'arabe, emmenaient nos bagages jusqu'à notre hôtel. C'était une drôle de ville, avec des odeurs inconnues qui volaient dans l'air et, ce qui me choqua le plus, beaucoup de bruits. Les gens parlaient, criaient, se disputaient, sans aucune retenue. Je regardais mes compagnons, interloquée, ils ne semblaient pas atteints par ces sons nouveaux. Daniel, me voyant perturbée, me prît par l'épaule et me dit de ne pas regarder cet endroit comme une Européenne.

— Toutes les civilisations viennent de ce berceau, Ellie. Seules les apparences sont différentes.

J'acquiesçais et essayais, autant que possible, de ne plus être anglaise. Durant la courte journée que nous avons passé dans cette ville, j'allais d'émerveillement en nouveauté : les maisons en terre sèche de couleur brune, les gens, la terre, les couleurs des tissus, de la vie. L'impression de ce pays, c'est les couleurs, chatoyantes, éclatantes comme sorties d'un tableau, presque aussi lumineuses que des pierres précieuses. L'Angleterre me semblait encore plus triste, sombre et froide que lorsque je m'y trouvais. J'honorais ce peuple de choisir de vivre en couleur, dans le soleil et dans cette joie inhérente à cette terre. Je les enviais un peu d'avoir grandi dans cette lumière.

Après une longue et éreintante nuit, nous sommes partis pour le Caire, à plus de soixante-quinze miles d'Alexandrie. Sur le parcours, nous regardions attentivement le paysage. Tout étant, pour sir Hector, matière à disserter de l'antique Égypte : les palmiers dattiers, les ânes, les chameaux, les bouts de ruines éparpillées. L'arrivée au Caire fût encore plus surprenante ; ici et là, on voyait sans cesse des bouts d'objets anciens : de maisons aux gigantesques pierres taillées, des tessons de vases, des jouets d'enfants datant des pharaons. Et puis, de loin, une haute tour, des minarets et les coupoles des mosquées rythmaient le ciel. C'était une ville monumentale. Pourtant, elle dégageait ce charme absolu encore plus présent aujourd'hui. Celui d'une rencontre perpétuelle entre le passé lointain de ce fier peuple et les impératifs du présent.

La discrétion d'une dame âgée qui, entourée de tous ses petits-enfants, se met à rêver et à construire à nouveau. Il y avait aussi ce petit air colonial qui allait si bien aux mystérieuses citées orientales. Un peu de mélange entre les Européens et cette terre au parfum d'ailleurs, mêlé à celui de la vie, de la beauté et du temps arrêté. Si l'on est bien attentif, les cinq sens peuvent y être exaltés. Nous sommes restés cinq mois au Caire, dans une vieille maison louée par sir Hector chaque année. En fait, c'était une simple maisonnette claire et plutôt agréable, mais il y avait tant à faire et à voir qu'elle était sans importance. Le matin très tôt nous partions étudier sur les sites de l'autre côté du Nil : Gizeh ou Saqqarah. Les journées se terminaient tard. Nous dînions puis nous tentions d'élucider quelques mystères. Ma rencontre avec les pyramides fût un choc pour moi : Kheops, Khephren et leur petite sœur Mykérinos assiégée de trois petites pointes sortant du sable. En avançant vers ces immenses montagnes de pierres, j'avais l'impression qu'elles touchaient le ciel. Et même si, au pied de

Kheops, je les trouvais bien moins immenses, elles nous font

atteindre la magie d'un au-delà. Je ne m'intéressais plus aux

questions de sir Hector et de Daniel, de savoir comment elles

avaient été construites. J'avais seulement compris, d'instinct,

pourquoi les Hommes avaient voulu s'approcher des dieux. La

différence entre l'être humain de l'antiquité et celui

d'aujourd'hui me semblait quasi nulle. Il y avait autant d'écart

qu'entre les Européens et les Africains : seuls les apparences, le

contexte changeaient. Fondamentalement, l'Homme est

identique à lui-même.

Je découvrais également le sphinx que je trouvais sorti d'un

conte pour enfants. Le rêve, l'imagination faisait partie de leur

vie d'adulte, pensai-je, comme s'ils avaient compris l'intérêt de

le garder tout près d'eux. Croire que cet animal hybride était

sacré me semblait tout aussi normal que d'embrasser un mur

ou une croix, de prier cinq fois par jour ou de penser que nous

sommes tous maudits. Je les comprenais si bien ces Égyptiens

d'autrefois, je n'avais plus de vision critique à leur égard. Je me sentais comme eux, j'avais moi aussi envie de prier le Dieu Nil, et de le remercier de toutes les beautés qu'il a donné à l'Égypte.

Lorsque nous avons visité Saqqarah, la pyramide à degrés, j'eus l'intime conviction que ces tombeaux, en abritant le pharaon, étaient également le symbole de tous ceux qui avaient vécu à cette époque. Chacun ayant donné un peu de lui pour réaliser cette prière de pierres, elle était en fait le monument funéraire de tout un peuple. L'intérieur de Saqqarah était d'une exceptionnelle beauté, les tombes recelaient des trésors peints aux couleurs aussi merveilleuses que celles du monde arabe actuel. Je me souviens de scènes de pêches, de traites de vaches et de représentations de chiens, de moissons et d'offrandes aux dieux. Toute la vie des Égyptiens était représentée dans ces pyramides, encore une fois témoin d'une époque.

Nous ramassions des tessons de poteries, de petites statuettes des dieux, parfois des bijoux : colliers, bracelets, fibules…

Tout était bon à prendre, tout était important pour reconstituer dans sa totalité un monde qui renaît sous nos yeux à chaque fois que l'on se retrouve dans une de ses maisons : pyramides ou temples. Les objets importants, aussi beaux soient-ils, ne donnent qu'un témoignage abîmé, tronqué de la réalité. Le travail des archéologues est certainement l'un des plus soigné et des plus précis qui soit. Une fois qu'un tombeau a été ouvert, une statue déterrée ; il ne sera plus possible de retrouver ce qui a été dans son état naturel, sans la main de l'Homme d'aujourd'hui. La vérité de l'objet mourant dès qu'il retrouve la lumière du jour. Impossible alors de revenir en arrière si une erreur a été commise. Ainsi, les débuts de l'archéologie ont-ils vu de nombreuses réponses offertes mutilées par l'esprit de conquêtes et le désir de peupler les musées.

Je m'amusais beaucoup -mais avec sérieux- à photographier chacun des petits objets que nous pouvions retrouver, à les mesurer, à les comparer avec d'autres pour les évaluer dans le temps. Ce travail était passionnant et convenait parfaitement à la soif d'apprendre de la jeunesse, mélange de patience et d'enthousiasme, de travail appliqué et de méthode nouvelle.

Nous allions, de temps à autre, voir d'autres sites : Memphis et ses majestueuses statues, Tanis au nord du delta, où un certain Montet venait de mettre à jour la nécropole d'un pharaon du Nouvel Empire, une découverte capitale pour la chronologie de l'Égypte ancienne. Son chantier était immense et nous sommes repartis avec l'impression qu'il restait tant à faire.

Lorsqu'il faisait trop chaud, c'est-à-dire très souvent, nous revenions déjeuner pour repartir vers quatre heures, direction Gizeh. Entre onze et seize heures, j'étais donc libre. Je m'attelais à mon inventaire qui, après quelques tâtonnements, ne me prenait qu'une petite heure. Puis, je rejoignais ma troupe pour le déjeuner. Ensuite, Katherine et son père allaient faire une longue sieste. Daniel se plongeait avec délectation dans tous les livres susceptibles d'aider nos recherches. Quant à Greeves, il s'éclipsait.

Au début, je restais dans notre maison, regardant la ville par ma fenêtre. Mais au bout de quelque temps, je m'enhardis et partis explorer seule la grande ville. Au début, je visitais

seulement les alentours, puis, connaissant un peu mieux la

langue arabe au contact de quelques ouvriers de notre petit

chantier, je m'éloignais de plus en plus. Ainsi, je découvrais les

rues pleines de vie, petites, mais si agréables. Les autres, les

habitants du Caire étaient pressés alors que je me baladais

dans le calme et la sérénité. Au détour des ruelles, on voyait

des portes de jolies maisons sculptées. Et, presque partout, il y

avait des mosquées, toutes proches de la Citadelle de Saladin.

Mais l'endroit que je préférais, et où je retournais souvent, était

El-Azhar, l'université vieille de presque mille ans. Dans l'art

arabe, les représentations humaines étant interdites, ils

n'employaient que des figures géométriques, ce qui fit de leurs

admirables monuments de véritables dentelles de pierres. Je

commençais déjà à comprendre l'orgueil européen : ces gens

étaient tout aussi civilisés, talentueux et dignes d'attention que

la vieille Europe. Malgré nos différences, ce peuple méritait le

respect. Et je m'attachais étroitement à leur civilisation qui me

ressemblait tellement plus que mon Angleterre natale. Je

savourais cette citée qui portait, tels des tatouages, les marques des époques qu'elle a traversées, de sa grande antiquité, de l'empire romain, ottoman, des sultans et des colonisations successives. Toute la ville est ceinturée de cimetières, de nécropoles, sortes de remparts entre le peuple et le monde du dehors. Chez nous, on essaie d'oublier les morts, de les mettre à l'écart ; mais en Afrique, ils font partie des vivants et n'ont pas peur de se côtoyer. Parmi mes rencontres du début d'après-midi, en dehors du fait que je partais dans la ville, je me rapprochais d'une petite fille de onze ans, Emily. Elle vivait avec son père et sa grand-mère dans une maison en face de la nôtre. Elle était anglaise elle aussi, mais fragile. Comme elle ne pouvait pas sortir trop souvent, je lui tenais compagnie. Je lui apprenais, tout comme sir Hector pour moi, ce que j'avais appris de l'antiquité égyptienne. Notre passion commune était les hiéroglyphes. Tracer les petits dessins la distrayait énormément, et je tentais de traduire et comprendre certains de nos problèmes sur les sites. Il est amusant de savoir que le travail d'archéologue, méritant en soi, n'est qu'un jeu de pistes pour adultes. Je l'entraînais quelquefois voir les mosquées, celle de Mohamed Ali, de Qaït Bey al-Rammâb dont le minaret était mon préféré, d'Ibn Touloun ou Ibn Qualaoun. Nous attendions ensemble l'appel à la prière, sorte de chant plaintif et irraisonné qui le rend si délicieusement poétique à l'oreille. Emily et moi, deux petites filles anglaises au milieu d'un monde inconnu, peuplé de gens expressifs et si gentils, entourés de bâtiments élégants et majestueux, un conte pour enfants, une aventure rêvée si souvent. Je l'emmenais plus volontiers dans de petits cafés, tout près de nos maisons. Nous y buvions du thé à la menthe, bien meilleur selon nous que le fade breuvage anglais. Parfois, nous nous laissions tenter par de délicieux petits gâteaux ou, lorsque nous avions faim, par des spécialités arabes.

Nous avions prévu de partir, au bout de cinq mois, visiter les sites plus au sud, en empruntant le Nil. Ainsi, nous allions rejoindre le flot des riches touristes, que nous n'étions pas. Les quelques jours précédents notre départ me voyaient triste de quitter ma ville chérie. Je partais également loin de ma jeune amie Emily, ce qui nous rendait toutes deux très malheureuses.

Je passais donc ma dernière journée avec elle, déambulant dans les rues du Caire, rejoignant nos endroits préférés et nos quelques souvenirs. En atteignant le sud de la Citadelle, la petite Emily, pleurant, se jeta dans mes bras. Je promis d'écrire et, chose que je savais impossible, de nous revoir. Nous avons ainsi passé la journée à marcher dans les ruelles parfumées, tentant de rire aux jérémiades d'un marchand sans client, goûtant ensemble, pour la dernière fois, nos sucreries favorites. Nous étions en quelque sorte deux sœurs, unis par la passion de ce pays des merveilles qui, tout au long de nos vies, rassembla nos souvenirs et notre envie de dévorer ce que nous offrait le monde.

La journée étant épuisante pour elle, Emily ne tarda pas à s'endormir. J'allais me coucher l'esprit en paix, d'autres gloires m'attendaient, et je savais que jamais je n'oublierais ce que je venais de vivre. J'étais changée à jamais et le retour en arrière n'existait pas. Je m'endormis aisément et fus délicieusement réveillée par les chauds rayons de soleil du premier matin.

J'entends encore le muezzin chanter, je priais moi aussi pour cette terre, qu'elle reste encore si envoûtante pour les milliers de pas qui la traverseraient. Je suivais sur la carte notre itinéraire : Dendérah, la vallée des rois, Deir-el-Bahari, la vallée des reines, Thèbes, Karnak, Louqsor. De simples mots qui éveillaient dans mon esprit les images souvent admirées des livres de sir Hector. Nos bagages prêts, nous avons pris le bateau sur les berges du Nil pour le remonter jusqu'à Assouan. Il n'était pas récent notre bateau, mais propre et bien entretenu. Le bois qui le composait lui donnait tout son charme, empreint de chaleur et de simplicité. Une fois dans ma cabine, j'entrepris d'écrire à mon père et à Emily. Le soir, une réception fut donnée par le capitaine de bord, pour fêter notre départ. Je devais m'y plier et faire bonne figure. Je décidais de ne pas me laisser aller à la mélancolie. Qu'y avait-il de triste dans ma vie ?

Je prenais le parti de m'amuser et, déjà, en m'habillant, Le Caire s'était envolé. Le Nil serait mon compagnon pour le restant de mon voyage et avec lui, je savais que je ne pouvais

être déçu.

La soirée fut gravement agréable. Katherine étant d'humeur

joyeuse grâce à cette fête, notre groupe l'était aussi. Sur le

bateau, une cinquantaine de passagers avait pris part à la

soirée et je passais mon temps au bras d'hommes ayant l'âge

de mon père –et même de sir Hector-, leurs femmes étant trop

fatiguées. Au bout de deux heures, je me sentais exténuée, et

sortais donc sur le ponton, duquel j'admirais mon fleuve chéri

éclairé des lumières du bateau et de la lune d'acier.

Là, un homme d'une trentaine d'années, et beaucoup plus

grand que moi s'approcha. Il était mal rasé, habillé en

baroudeur, aux vêtements négligés alors que tous ceux que

j'avais croisés étaient élégamment habillés.

Il avait un délicieux accent américain :

–Qu'est-ce que tu fais là, jeune fille ?

Jeune fille. Je portais une robe sublime, digne d'une dame de la

cour d'Angleterre et lui me regardait comme une petite fille

habillée pour la messe.

—Je prends l'air, dis-je d'une voix sévère.

Il se mit à rire.

—Je ne veux pas vous embêter jeune fille, mais seulement

savoir ce que vous faites ici toute seule.

Je voulais qu'il parte, mais j'étais curieuse.

—Et vous, que faites-vous sur ce bateau ?

—Comme vous, je vais à Assouan.

—Oui, je m'en doute, mais pour y faire quoi ?

—Continuer mon voyage.

—Je n'en saurais pas plus ?

Il se retourna enfin face à moi.

—Non.

—Puis-je au moins savoir quel est votre nom ?

—Stephen.

—Stephen sans nom ?

Il sourit.

—Oui, et vous, comment vous appelez-vous ?

—Eléanor Caldwell, dis-je fièrement.

Il regarda le fleuve et nous restèrent quelques secondes dans le silence.

— Et bien petite, il se fait tard. C'est l'heure de dormir.

Il se pencha sur moi et m'embrassa la joue. C'est à ce moment-là que je compris qu'il était ivre.

— Bonne nuit.

Puis il disparut sans ajouter un mot.

J'étais furieuse. J'avais réussi à faire oublier mon âge, à asseoir ma maturité à tous les autres et lui me traitait en gamine qui doit aller se coucher. J'avais envie de lui casser un vase sur la tête à ce Stephen…

Je mis beaucoup de temps à m'endormir cette nuit-là, trop de choses m'avaient renversée.

Sur le bateau, je passais mes journées à regarder, accoudée à la rambarde, les berges du fleuve où le sable interrompait sa course. J'aurais donné mon âme pour voir de près ces lieux où l'on ne pouvait s'arrêter. Mais enfin, nous sommes arrivés à Dendérah. Depuis des jours, je rêvais de son temple aux merveilles. Je passais mon temps à admirer des gravures, des plans et des photos. Je regardais à travers l'objectif de mon appareil ma Dendérah imaginaire. Je la voyais tendre vers moi, m'appelant tel un enfant ayant perdu sa mère.

Depuis notre départ, le fameux Stephen s'était tenu éloigné. Je l'apercevais de loin, sans m'en préoccuper davantage. Mes compagnons eux aussi s'ennuyaient à bord. Daniel et sir Hector s'évertuaient à discuter de nos recherches avec d'autres amateurs ; Katherine prenait des bains de foule parmi les dames et Greeves tentait de s'extirper de la léthargie en préparant nos prochaines expéditions. Quand même, la plupart du temps ils ne savaient pas quoi faire. Attendre de descendre et d'arriver à Dendérah me sembla encore plus long que notre trajet depuis Le Caire. J'étais plus qu'impatiente, j'aurai voulu sauter de la voiturette pour courir moi-même vers la cité antique.

Enfin, à la vue du temple d'Hathor, je me sentais bien à nouveau : calme, apaisée. De loin, la façade de la salle hypostyle semblait un décor de carton-pâte, une porte donnant seulement sur le désert. Cette salle, qui devait être en fait la pièce la plus intérieure du temple était tout ce qu'il en restait.

Je fus, encore une fois, émerveillée. Les colonnes supportant la

façade représentaient la déesse Hathor et l'on pouvait aisément

reconnaître les oreilles de vaches pendantes, symbole de la

déesse de la joie et de la danse, protectrice des défunts. Je

m'amusais follement à regarder les dessins sculptés dans la

pierre, il y en avait tant et de si bonne facture, que je ne savais

plus où donner des yeux. Tandis que les autres commençaient

à fatiguer sous le soleil, je continuais, inlassablement à admirer

ces chefs-d'œuvre. Mais ces dames voulurent rentrer, et nous

avons dû regagner la rive. Je leur en voulais, je ne comprenais

pas pourquoi l'enthousiasme et le plaisir n'atteignaient pas

leur cœur comme celui de Katherine. Avant que le bateau ne

reparte, je marchais longuement dans le sable, admirant

l'embarcation sur le fleuve. Sir Hector tenta de me convaincre

de rester joyeuse :

—Prochaine étape : La vallée des Rois. La plus belle

concentration de tombeaux antiques. Tu verras, Dendérah te

semblera minuscule. Tu finiras même par l'oublier.

Je n'étais pas vraiment convaincue, mais mon intérêt pour

l'inconnu raviva mon enthousiasme à repartir.

Le temps parut moins long, nous allions visiter toute la vallée

: des rois, des reines, et sur l'autre rive, Thèbes, Karnak et

Louqsor. Je tentais, grâce aux cartes et documents de situer ces

lieux dans l'espace et dans le temps. Je voulais connaître par

cœur les cartouches des noms des pharaons dont je croiserai le

tombeau. Durant ces jours de navigation, je restais seule. Je

partageais mes envies et ma soif de savoir avec le silence, le Nil

pour seul compagnon. Je me détachais peu à peu de mes amis

qui ne comprenaient pas mes hésitations quant aux problèmes

des fouilles : je ne souhaitais plus me prononcer sur les

questions qu'ils se posaient. Que m'importaient les comment,

les pourquoi, les peut-être ; je me sentais seulement envahie

par la beauté, le désir et l'attention.

La vallée des Rois, enfin, les tombeaux de Ramsès : I, III, V et

VI (ceux dont je me souviens), Séthi I, Hatschepsout,

Toutânkhamon, et d'autres dont les noms ne me reviennent

plus. Ce dont je me souviens, ce sont les œuvres colorées, le froid à l'intérieur des tombeaux et la mélancolie qui s'insinuait en moi à la rencontre de tous ces gens, morts. Je regardais tout de même les murs fabuleux de ces maisons mortuaires : les scènes de la vie quotidienne, la représentation des animaux domestiques, les hauts faits guerriers des pharaons, les dieux, se mélangeant à la vie d'en bas, et le soleil, partout, brillant, pur, dieu des dieux.

Mon vague à l'âme disparut complètement lors de la visite du temple de la reine Hatschepsout. Ce lieu majestueux exerçait une prise, une fascination sur moi. Des colonnes debout semblaient tenir seules par miracle, une rampe donnait accès à ce qu'il restait de cet immense temple à trois terrasses dédié au culte de la reine-pharaon. Daniel dessinait les restes, même les plus insignifiants, sur un papier transparent, et nous tentions de reconstituer l'ensemble. Les quelques statues qui restaient, adossées aux pilastres du temple, laissaient penser que d'autres parachevaient la grandeur de la partie la plus haute. J'imaginais sans peine le temple dans son entier, avec ses bassins, ses plantes, ses gardes, et les pensées des quelques privilégiés qui entraient là. L'éternité était ici, pensai-je, en

Égypte. Dans ce pays, je pouvais sentir ce que signifiait la vie

éternelle et comment les pharaons étaient encore en vie,

malgré le temps qui passe et qui oublie. Après une courte nuit

de repos, nous sommes arrivés à Thèbes, capitale du Nouvel

Empire abritant en son sein les temples de Karnak et de

Louqsor. Karnak, le grand temple d'Amon Rê. Aussi

majestueux et immense qu'une ville entière, ce temple semblait

tout droit sorti d'une histoire pour enfants. Je me sentais

touchée en plein cœur, j'avais l'impression d'être sur une autre

planète. Je ne pouvais pas être sur Terre. Tout cela n'avait rien

à voir avec le monde dans lequel j'avais grandi. Sir Hector

s'acharnait à répéter qu'il fallait s'imaginer le toit en bois, je

n'étais pas d'accord. On discernait mieux ainsi la stature des

colonnes, s'offrant au ciel. Et puis, le soleil n'atteignant pas le

sol, on sentait la fraîcheur sans être dans l'obscurité. Je

profitais donc de la douceur du début d'après-midi,

parcourant le palais d'Amon Rê, me prenant comme invitée

dans sa demeure. Je m'efforçais de déchiffrer les cartouches, de comprendre les représentations. La statue monumentale de Ramsès II m'apparut, prête à avancer pour détruire celui qui pillerait de son pas le temple sacré. Moi, j'étais la bienvenue ; j'aurais été prête à parler des heures avec le pharaon, lui se montrait décidé à me parler, me protéger. Je ressentais un tel bien-être dans ce lieu, qu'étant fatiguée par une courte nuit, je me serais volontiers endormie au pied de l'une des colonnes.

Nous sommes ensuite partis pour Louqsor, empruntant l'ancienne dromos (avenue) cernée des deux côtés par des centaines de sphinx. Après un peu plus d'un mile, nous approchèrent des deux statues assises de Ramsès II, gardiennes du temple, et de l'obélisque pointu tranchant les nuages. Comme dans l'autre temple d'Amon, des cours, des salles aux puissantes colonnes. Daniel, qui voyait l'éblouissement que provoquaient sur moi les temples, me proposait de prendre des photos. Je ne pouvais pas. C'était trop grand, je ne voulais pas tronquer ces chefs-d'œuvre pour un souvenir inutile tant il était gravé dans ma mémoire. Nous vîmes le soleil se coucher lentement sur l'antique cité, tenant encore la ville éclairée. Sur le bateau, et durant toute la nuit, nous fîmes face à ce chantier aux merveilles, sorte de grand bazar où tout est sublime, allumé dans ses fines cloisons de pierres par la lune aux reflets bleutés.

Le lendemain, nous partions pour Assouan où nous allions passer encore quelques mois, ponctués d'expéditions de reconnaissance avec des amis de sir Hector. Il ne me restait plus que six mois et cette année terminée verrait mon rêve achevé. Selon mes compagnons, Assouan possédait moins de beautés que la vallée que nous venions de traverser. Alors, pourquoi ne pas rester ici, pensais-je. Je ne voulais plus partir.

Découvertes

« Le hasard sait toujours trouver

ceux qui savent s'en servir. »

Romain Rolland

À notre arrivée à Assouan, j'étais épuisée et j'avais hâte d'aller me reposer. Tout le temps que nous avons passé dans cette ville, nous vivions dans un célèbre et vieil hôtel qui existe encore, le Old Cataract. Un endroit pour qui j'ai eu un véritable amour. Après dix-sept ans dans un château anglais, vieux et aussi détérioré qu'une ruine –et une maison sans intérêt-, je vénérais mon nouveau chez-moi. Ma suite était immense, j'avais tout le confort anglais et tout l'attrait oriental, dans un mélange de rose et de bleu. Des fenêtres des chambres et de l'immense terrasse, les clients pouvaient admirer à loisir le Nil majestueux. Ainsi, je passais des heures entières à observer la vie du fleuve : les felouques, la radieuse végétation, les jardins de la côte et l'île Eléphantine, au loin. Le luxe du Old Cataract n'a jamais été ses intérieurs aux décors raffinés ou sa cuisine, mais l'éclaboussant spectacle du Nil et de cette Égypte rescapée du temps qui passe. Là, je me reposais, laissant le temps jouer à sa guise. Je passais, dans cette cité, une courte période de ma vie où je m'enivrais. Je respirais tout ce qui s'offrait à moi. J'écrivais à mon père, racontant monts et merveilles, joignant quelques photographies. Je croyais à nouveau en cette personne qui lisait sans jamais me répondre. Je me sentais vivre, comme au Caire.

Je découvrais la vie du peuple arabe, visitant ses promesses et comprenant ses désespoirs. Je rencontrais les amis de sir Hector et de Daniel, tous sur le même modèle : passionnés par l'antique sans le comprendre, vivant aujourd'hui sans le voir. Quelle ne fut pas ma surprise lorsque je vis le fameux Stephen apparaître ! Il allait faire partie de nos expéditions. L'un des vieux messieurs déclara qu'il était un spécialiste de l'endroit et qu'il veillerait à ce que nos voyages se passent pour le mieux.

—Il s'appelle Stephen Lewis, précisa-t-il.

Je le saluais, frondeuse. Il me sourit, comme si nous avions un secret en commun.

Il vint me voir, plus tard, alors que les autres dégustaient un thé.

—Vous n'êtes pas trop fâchée ? me demanda-t-il.

—Non, répondis-je, juste surprise.

—Je suis ravi de vous revoir.

—Moi aussi, déclarais-je sur un ton faussement convaincu.

—Bien, ria-t-il. Vous, au moins, vous ne savez pas mentir !

Il me sourit à nouveau et hésita un instant :

—Si vous voulez, je peux vous faire visiter la ville, des coins
que vous n'iriez pas visiter avec vos amis.

J'acceptais avec joie, j'en avais assez d'être interdite de tout
sous prétexte que personne ne voulait m'accompagner, et puis
Stephen ne semblait plus me voir comme une gamine.

Ainsi, le lendemain, je passais tout l'après-midi avec lui,
marchant tranquillement dans la ville. Nous faisions de
fréquents arrêts pour admirer tel ou tel site, pour entrer dans
une boutique aux articles incroyables ou simplement pour
nous reposer. Nous parlions énormément de ce que nous
ressentions face à ce pays. J'étais vraiment bien. Il était gentil,
sans être prévenant et me demandait toujours mon avis. Le
soir, Katherine me questionna. Je lui racontais tout en détail et
elle sembla rassurée.

Durant trois jours, nous passions nos après-midi, synonyme
de sieste pour les autres, à nous balader. Mais Stephen dû

s'absenter quelques jours à la recherche de matériel pour notre première expédition. Au début, je m'ennuyais de sa compagnie, mais je retrouvais très vite celle de mon fleuve chéri. Je le photographiais chaque heure de la journée, de différents points de vue. Chaque cliché dissemblable par sa lumière, ses couleurs. Je m'absorbais toute entière dans les eaux du Nil. Katherine avait raison, j'étais tombée follement amoureuse de ce pays et cette passion allait durer toujours.

Un jour, en fin d'après-midi, on frappa à la porte. C'était Stephen. Il avait le sourire aux lèvres. Il me parla de son court voyage et je lui montrais mes photographies. Nous discutâmes ainsi jusqu'à la nuit tombée. Nous devions nous revoir le lendemain, reprendre nos promenades de l'après-midi. Avant de partir, il posa sur moi un regard intense. Il s'approcha, et posa ses lèvres sur ma bouche, sans les bouger. Puis il se détacha et, le visage rougissant, sorti de ma chambre. Je restai là, debout, à me demander ce qui l'avait fait rougir. J'aurais voulu, sans vouloir vraiment. Je me sentais comme fiévreuse, tout s'entrechoquait dans mon crâne sans qu'un raisonnement puisse en sortir. Je mangeais et allais me coucher ainsi, absente de moi-même.

Le lendemain, Stephen s'empressa de m'emmener sur une petite hauteur de la ville, excellent point de vue pour photographier le Nil. Notre balade fut plus courte que d'habitude, notre première expédition débutait le surlendemain et Stephen me conseilla le repos, « pour être en forme », disait-il. J'espérais qu'il m'embrasse à nouveau, mais aussi jeune que j'étais, je restais simplement là à le regarder me dire bonne nuit. J'essayais d'oublier tout cela, j'étais trop heureuse de partir pour l'aventure. Nous n'avions pas de buts précis, nous allions à la recherche d'éventuels, de possibles, de nouveaux. Lors de ces quatre jours, je fus d'un enthousiasme débordant, j'empêchais ma petite troupe de tomber dans la morosité. Les gens que je ne connaissais pas m'adoptèrent immédiatement et Stephen, riant, me déclara mascotte.

Tout ce que l'on m'avait prévenu du monde des voyages et de l'aventure me fascinait : les tentes, le froid, les campements, le sable brûlant, la chaleur, la vie dangereuse qui existe au-delà des villes paisibles. J'étais aussi impatiente de repartir qu'un enfant la veille de Noël. Lorsque nous rentrâmes, je compris que seul le voyage était important, qu'il primait sur la destination. Rien de plus fort que cette perpétuelle envie de partir, d'aller ailleurs, même sans savoir quel est cet ailleurs. Je me sentais forte de vivre ça, d'en être capable sans en souffrir comme les autres femmes. Le soir, Stephen me dit que c'était bien, que j'avais du caractère. Il avait le même sourire que lorsqu'il m'avait embrassée. Cette fois-là, je ne laissais pas passer l'occasion et lui proposais de repartir dès le lendemain sous prétexte de rechercher un autre angle de vue sur le Nil. Il accepta.

Nous partîmes tôt et trouvâmes vite un merveilleux site, assez éloigné de la berge, mais très haut. Je voulais faire des photos en soirée et Stephen prit l'initiative d'un rafraîchissement chez lui, tout près. Il ne vivait pas à l'hôtel. Sur le chemin, je le taquinais qu'il me ramenait en fait chez lui et il ne répondit rien, le visage absorbé par la route. Il me prit par le coude et m'obligea à me presser pour arriver jusqu'à son appartement, à l'étage d'une vieille bâtisse. Une fois la porte fermée, il attira mon visage entre ses mains pour m'embrasser plus avidement que la première fois. Au bout de quelques minutes, néanmoins, il finit par s'éloigner de moi pour aller près de la fenêtre.

—Je ne suis pas sûr, chuchota-t-il.

Je m'approchais de lui pour poser mes mains sur ses épaules.

—Quand je pense que c'est moi que tu traites de petite fille ! Je ne veux pas de ce genre d'excuses, tu n'as pas besoin de m'en donner. Je n'en ai peut-être pas l'air, mais je suis une grande fille, responsable. Je n'ai besoin de l'avis de personne. Je suis libre de faire ce que je souhaite.

—Et tu le souhaites ?

—Oui.

Je prenais un ton décidé. Je me sentais adulte, vraie. J'étais plus que sûre de moi que jamais. Il se retourna vers moi et me prit par la taille m'attirant à nouveau à ses lèvres. De sa part comme de la mienne, c'était plus fort. Je sentais cette envie folle depuis notre premier baiser et ce besoin viscéral éloigna tout doute de mon esprit. Aucun de ceux que je côtoyais n'avaient pu vivre ça, ce déchirement absolu des sens. Et je sentais bien que sa façon de m'embrasser, de me faire l'amour était indécente. Soit, délicieusement indécente.

Stephen mit un disque : La Traviata de Verdi. Il fermait les yeux, regardant par-delà la pièce son univers imaginaire. Il me tenait dans ses bras, balançant sa tête tout près de la mienne, m'invitant à savourer la mélodie. Au début la musique était douce, presque inaudible, puis elle montait lentement en intensité. Les voix se faisaient plus puissantes, plus dramatiques, plus folles et Stephen me serrait encore plus. J'avais l'impression de ne plus être seule, il avait déchiré ma solitude. L'espoir semblait renaître. Je pouvais tout rêver, tout croire, tout espérer : le monde était à porter de main et la vie plus forte, plus belle. Nous étions comme sur un tourniquet, impossible de s'arrêter.

Il me ramena. Je ne voulais pas le quitter, il parvint à me convaincre. Demain, disait-il. Chaque soir, j'attendais le jour suivant. J'étais affamée, je voulais tellement être avec lui, je dévorais chacun de nos moments. Ma féminité naissait avec lui. Avant de le rencontrer, j'étais un être humain ; dans ses bras, j'apprenais à être une femme. Je voulais emmener Stephen au Old Cataract, réunir mes secrets et mes passions. Un jour, il s'est laissé convaincre. Je regardais le Nil de ma chambre, Stephen endormi dans mes bras. Je ne voyais rien d'autre, tout ce qui comptait était là, le reste s'effaçait de mon esprit.

Je ne pouvais plus écrire à mon père, mes lettres devenaient courtes et mécaniques. Que lui aurais-je dit ? Je passais mes journées absorbée toute entière par Stephen. Je ne pouvais raconter quoi que ce soit. On ne rompt pas dix-sept ans de silence, même si l'on a d'importantes choses à dire. Stephen s'amusait de ne plus bien travailler, de ne plus s'intéresser à la vie des autres. Nous seuls comptions. Hors du temps, hors du monde.

Savoir que l'amour est la seule drogue autorisée, la seule qui vaille la peine de se battre et que cet immense bonheur n'est dû à presque rien. Une galéjade, un jeu que l'on joue et qui se joue de nous. Qu'il naisse ou qu'il finisse, nos vies tournent autour de lui. J'ai toujours était convaincue que nos vies baignaient dans l'amour, que l'on est finalement toujours amoureux. Amoureux de la personne que l'on découvre, puis de son idée, de son absence, et on passe à autre chose. On est déjà amoureux de la personne que l'on n'a pas encore rencontrée. On est dans son attente, il semblera évident, presque normal, mais encore si merveilleux. On aime toujours, quelqu'un ou quelque chose qui fait vibrer le cœur, sinon à quoi servirait-il de vivre en ce monde ? Être mort, n'est-ce pas ne rien ressentir ?

Nous avons fini par repartir : une expédition vers Philae. Je ne voyais plus rien que le ciel bleu se frottant à moi, comme s'il m'appelait. Je me promis de répondre un jour à cet appel. Tout se passa merveilleusement bien. Stephen et moi cachant volontairement notre complicité par de fréquentes disputes. Je commençais aussi à m'éloigner du groupe. Je n'étais plus la mascotte. J'étais calme, sereine. Je regardais autour de moi, comprenant le monde sans qu'un mot ne puisse le définir.

J'étais bien. J'avais découvert l'amour et la passion de

l'aventure. Ces deux choses entraient en moi et n'eurent jamais

l'occasion d'en sortir.

Guerre et cantate

« Le bonheur est parti

on le demande ailleurs.

Mais la terre est trop petite

pour un trop grand malheur.

Le bonheur en partant

a dit qu'il reviendrait. »

Jacques Prévert

Les mots commençaient à se chuchoter, à se répéter telle une litanie de désespoir :

— C'est la guerre, disaient-ils, c'est la guerre.

Je ne comprenais rien. Stephen me rassurait :

— C'est loin de nous, Ellie.

Je pensais à mon père. Je demandais des nouvelles et lui suppliai de me donner des siennes. Sir Hector me convaincu que l'Angleterre ne risquait rien. Le monde sonnait à ma porte, se rappelant tout à coup à mon souvenir alors que je l'avais oublié. Cela se produisait sans que je ne puisse rien y faire. La guerre allait peut-être bouleverser ma vie et j'étais impuissante à la repousser. J'avais peur. Aucune parole, aucune arme, aucun soldat n'auraient pu me convaincre que nous étions en sécurité. La peur est aussi irraisonnée que raisonnable. Elle emmène avec elle la prudence autant que l'hystérie.

Stephen passait et repassait les œuvres de Verdi : Aïda, La Traviata, Rigoletto. Il semblait vouloir se perdre dans la musique, se tenant informé des évènements sans que ceux-ci ne le touchent. La prise de la Pologne m'outrait, il restait de marbre. Je me disais qu'il était plus âgé, plus fort, comme les autres. Insensibles au sort des Polonais. La guerre était dans leurs vies depuis longtemps, pensais-je, ils la voyaient comme un cycle, un moment de l'Histoire qui revenait. Désagréable soit, mais inéluctable.

Enfin, après de longues semaines d'attente, je reçus la première lettre de la main de mon père, écrite à la va-vite :

«   Eléanor,

Je tiens immédiatement à te rassurer, tout va bien.

L'Angleterre est forte, nous ne sommes pas un pays si facile à conquérir. Je ne serai pas enrôlé, j'ai été déclassé. Si jamais la guerre nous menaçait, je resterai ici. Ne t'inquiète donc pas.

C'est de toi qu'il faut te soucier : pars loin de l'Europe ma fille. Ne t'approche pas des horreurs de la guerre, ne la laisse pas détruire ta vie comme elle a brisé la mienne. Pars loin.

L'Égypte me semble trop proche de la France. Ta sécurité est la seule qui compte. Si tu peux, pars pour les États-Unis. Je t'envoie de l'argent et des bons changeables pour cela. Va découvrir d'autres contrées qui te plaisent Ellie, mais loin de l'Europe. Sauve-toi de la guerre, je t'en prie.

Ton père, John Caldwell. »

Pour la première fois depuis le début de notre correspondance, mon père me tutoyait à nouveau. Il y avait tant de mots dans cette si courte missive, tant de mots qu'ils n'avaient jamais dits, tant d'émotions contenues entre les lignes que je pleurais de longues heures. Mon père était loin et, en ces instants sombres, j'aurais voulu l'avoir auprès de moi. J'aurais voulu me sentir en sécurité. J'avais déjà compris que l'approche de la guerre avait changé Stephen. Et, malgré ses mots d'amour et ses caresses, je ressentais l'incroyable désespoir de ne rien savoir de lui. Surtout lorsqu'on veillait toujours à me convaincre que c'était un homme infréquentable et que je devais me tenir éloignée de ses affaires. J'avais tenté, bien sûr, de savoir de quelles affaires il s'agissait, mais Stephen restait toujours vague : il rendait service à des amis…

— Je veux partir d'ici, lui dis-je un soir, j'ai peur.

—Tu as sûrement raison, il ne fait pas bon rester dans le coin.

Les Égyptiens n'ont pas vraiment l'air prêts à défendre les

Anglais.

Il fût d'accord pour prendre le bateau pour les États-Unis. En

attendant, il ne voulait plus que je sois seule et m'adjoignit

donc un homme noir d'une cinquantaine d'années aussi

maigre qu'un fil de fer. C'est un ami, m'avait-il dit, j'ai toute

confiance en lui. Je me demandais comment ce vieil homme,

mince et grand, pouvait bien me protéger. Je laissais faire

Stephen, calmant ainsi ses angoisses à mon sujet. L'homme se

nommait Djéryd, ne parlait presque jamais et avait presque

toujours un sourire moqueur au coin des lèvres. Nous étions

en décembre, j'avais dix-huit ans et le Noël précédent me

semblait loin. Nous faisions déraisonnablement la fête, sentant

que dans peu de temps la guerre balayerait notre joie. Le soir

de la Saint-Sylvestre, j'étais mélancolique et restais cloîtrée

dans les bras de Stephen, loin des autres. Par hasard, Greeves

nous surprit en train de nous embrasser et s'approcha de nous

:

—Vous devriez être plus prudents.

Il souriait en me regardant.

—Faites attention, ce serait affreux pour vos amis si vous

abîmiez votre image de jeune fille.

Il leva sa coupe vers nous.

—Une sorte de bénédiction, me dis-je.

Stephen, en tout cas, ne se fit pas prier et m'emmena dans ma

chambre.

1940. Une nouvelle ère : incertitudes, peurs, doutes. Aucune

raison de prendre de bonnes résolutions. Les premiers mois

passèrent dans l'anxiété, nous ne pouvions partir. Les

Égyptiens semblaient hostiles à soutenir les Iles britanniques

dans une guerre. L'Italie avait pour but d'atteindre les colonies

d'Afrique, touchant ainsi deux de ses rivaux en plein cœur,

sans arrière base pour se défendre. Les manifestations de

mépris envers nous se faisaient plus nombreuses et incisives.

Les Égyptiens semblaient nous regarder comme des

envahisseurs, il devenait urgent pour notre sécurité de

rejoindre les États-Unis. La peur croissait dans nos esprits. Sir

Hector, Katherine et Daniel étaient déjà partis, mais j'avais refusé. Après maints bras de fer, ils étaient partis, le cœur brisé de me laisser à Stephen. Heureusement que Greeves, lui, restait avec moi.

Un matin, Stephen frappa à ma porte :

—On s'en va dans deux jours. J'ai trouvé un moyen de partir.

Enfin. Je n'en pouvais plus de rester dans ma chambre ou d'avoir Djéryd à côté de moi quand je sortais. Stephen partit précipitamment chez lui, régler ses dernières affaires. Je devais le rejoindre dans l'après-midi. Il semblait si inquiet que je n'osais plus lui parler, ce qui raviva mes craintes les plus folles. La traversée de la ville me fit frissonner, pas un bruit, à peine quelques personnes.

—Le temps est à la guerre, me dit Djéryd, visiblement inquiet.

J'entrais dans la maison de Stephen, l'appelant, mais personne ne répondit. Je restais alors quelques secondes, perdue, dans l'entrée. Soudain, Stephen, du premier étage, me cria de sortir :

—Cours Ellie, va-t'en !

Je m'exécutais et rejoignais Djéryd de l'autre côté de la rue,
Greeves était avec lui, visiblement essoufflé. Il y eut alors des
détonations, des coups de feu dans la maison. Je ne
comprenais rien à ce qui se passait, mais Djéryd me prit par le
bras, Greeves sur nos traces, il nous éloigna de la ruelle en état
de siège. Autour, les badauds se pressaient, couraient dans
tous les sens. Je ne les entendais plus me parler.

—Stephen, me répétais-je, Stephen.

Les larmes commencèrent à couler, j'étais en état de choc.
J'avais cette impression de sentir son cœur battre dans mes
veines, mes tempes sonnaient la charge. J'entendais la Traviata.
La cantatrice chantait dans les aigus, la voix prête à exploser. Je
me sentais malade, une horrible nausée me captura l'estomac.
Non. Impossible. Cauchemar. Néant.

 Ces mots traversaient mon esprit ensanglanté, sans prendre
forme. La musique m'encombrait la tête. Je marchais, soutenue
par Djéryd et Greeves, jusqu'au Old Cataract. Une rage
incontrôlable avait envahi mon cœur. On m'avait volé ma vie,
mes espoirs. Quelqu'un venait de m'arracher l'homme que

j'aimais. Je me demandais comment on pouvait délibérément

tuer une personne sans penser aux gens qui l'aimaient et qui

avaient placé leur vie entière dans la sienne. Ils avaient détruit

deux êtres en un seul mort. J'étais vide.

— Il faut partir, fit Greeves, se sauver d'ici.

— Partir, oui, partir. J'ai des bons que mon père m'a envoyés.

— Partez Ellie ! Allez aussi loin que vous pouvez !

— Je vous accompagne, mademoiselle Ellie. J'ai juré à Stephen

que je prendrais soin de vous, fit Djéryd en continuant de me

soutenir.

Des larmes dans mes yeux, je fourrais mes affaires dans mon

sac. Pas de robes, de jolies chaussures, que le nécessaire.

Quitter le cauchemar, ne pas penser à lui, ne pas s'effondrer.

J'avais envie de courir, de fuir jusqu'à me briser les jambes.

Penser à autre chose, à partir.

Je me retrouvais dehors, à la nuit tombée. Greeves et Djéryd

m'attendaient devant une vieille jeep rouillée. Je voulais

m'enfuir seule, aller vers nulle part. Seule, avec Stephen,

emplie de nos souvenirs. Greeves comprit :

—Dirigez-vous vers le sud Ellie, vous serez plus en sécurité.

—Oui.

—Vous avez de quoi : essence et nourriture.

—Bien.

J'étais sans vie, partie. Comme si je ne ressentais rien. J'étais

brisée, fatiguée, mal.

Je pris le volant, Djéryd s'assit à côté. Je secouais la tête.

—Non !

—Pas question de partir seule. Veillerais.

Il avait l'air si triste et décidé, je n'avais pas la force de lutter.

Je démarrais la voiture et roulais aussi vite que je pouvais,

comme un voleur détalant une fois son forfait commis. En

pleine nuit, épuisés, nous installâmes nos tentes. Je

m'endormis, brisée, le visage inondé de larmes qui ne

pouvaient être retenues.

Compagnons de route

« Le plus grand bien que nous faisons aux

autres hommes n'est pas de leur communiquer

notre richesse, mais de découvrir la leur. »

Louis Lavelle

Au bout de plusieurs jours, nous avons fait une escale à Abou Simbel, un autre site antique plus au sud. Dans ce lieu, je ressentais l'éternité à nouveau. J'étais calme même si mes larmes coulaient encore pour Stephen, victime de vengeance et de haine. Je pleurais plusieurs heures, restant au milieu des colonnes à statues, vide. Djéryd, tout près, restait silencieux.

Je ne pouvais pas lui parler, j'étais quasi inconsciente. Je ne savais plus pourquoi j'étais partie si vite, sans vouloir en savoir plus. Mais je connaissais intuitivement les raisons de la mort de Stephen : ses secrets. Ce qu'il faisait et que je ne pouvais connaître. Je ne savais plus où j'en étais, j'avais simplement besoin de fuir. M'enfuir très loin, emplir mon cœur d'autres choses, laisser la vague de l'amour tomber lentement à marée basse, jusqu'à la voir se tarir. Même si les souvenirs ne nous quittent jamais. Je restais en eux pour me sentir bien, oubliant la fin de l'histoire. En ouvrant les yeux, j'étais seule de nouveau. Il fallait faire face, je fis de mon mieux et nous avons repris la route. Nous continuâmes de suivre le Nil jusqu'à la troisième cataracte, puis nous avons suivi la direction du désert. Là, ce fut un choc, une rencontre, un coup de foudre.

Le désert me hantait, soufflait dans mon âme. Je ne savais pourquoi le désert, étendue de sable qui se cogne au ciel, vivait en moi. Comme si d'une magie ancestrale, il avait fait de moi son serviteur, un passionné consentant ne pouvant se défaire, même à des milliers de kilomètres, de l'objet de ses rêves. Un souffle qui courait et qui m'obligeait à accepter le Sort. Le désert resserre les âmes. Seul au milieu d'un désert, à la fois réel et métaphysique, on ne peut faire qu'une seule chose : se parler à soi-même, trouver son cœur et le chemin à prendre pour sortir de nos déserts. Nous n'étions plus en Égypte, mais au Soudan. Ayant peur de nous perdre, mais aussi à la recherche de ravitaillement, nous rejoignîmes le Nil blanc et une terre moins hostile. Après une étape de trois jours, nous repartîmes.

Djéryd proposait de rester sur les territoires anglais, j'acquiesçais. Nous sentant mieux l'un l'autre, nous commençâmes à parler. Au début, nos discussions tournaient autour des problèmes de notre voyage : où dormir, quelle route prendre, économiser la nourriture, l'eau, l'essence. Peu à peu, nous apprenions à nous connaître. Djéryd se moquait souvent de moi, de mes méconnaissances sur l'Afrique, sur les automobiles, sur la vie. Il me reprochait gentiment mon sale caractère : je voulais avoir raison même si j'avais tort. Je lui en voulais de me montrer mes erreurs, de rire sans cesse, de trouver que tout allait bien alors que nous étions perdus, fatigués et loin de tout, que nous venions de perdre une personne que nous aimions tout deux. Il supportait ma mauvaise humeur et mes colères, le sourire aux lèvres. Plus je criais, plus il riait. Son sang-froid m'épatait, jamais il ne s'énervait. Nous avons pourtant traversé des choses insensées, des lieux dont nous pensions ne pouvoir partir, des situations inextricables. Jamais le vieux Djéryd perdit patience ou bonne humeur, il me remontait le moral :

— Pas grave !

C'était court, mais efficace. Il était noir, vieux et confiant ; en Afrique, ce sont d'indéniables qualités pour convaincre une

Anglaise de dix-huit ans que tout va pour le mieux.

Finalement, à force de suivre le Nil, de près ou de loin, nous atteignîmes le lac Victoria en mai 1941. J'aimais cet endroit, cette eau rugissante au bruit des pleureuses qui gémissent à notre place, laissant s'échapper des vapeurs de tristesse et de mélancolie. Le lac ressemblait à mon désespoir d'amoureuse. Nous sommes restés près de ce lac durant un mois, au milieu de la savane, profitant de la douceur de ce lieu unique, entre magie et insolence.

Et nous sommes repartis vers le Kenya. Il commençait à faire très chaud, et j'avais envie de voir les animaux de plus près, nous avons alors décidé de rester quatre mois dans ce pays. Pour la première fois, sans le Nil, sans Stephen, je reprenais mon appareil photo. Tout me paraissait fascinant et j'avais l'impression que les lions, les éléphants, les gazelles prenaient tous la pose pour moi. Djéryd m'expliquait comment ne pas trop attirer leur attention, comment les surprendre en train de boire ou de déguster leur proie. Parfois, je ne prenais même pas de photos, je regardais simplement à travers mon objectif.

Ici, Stephen me semblait loin, comme un mirage, il s'éloignait de moi. Je rêvais encore de lui, mais mes nuits étaient surtout peuplées de sa présence, plus que de son obsédante absence. Confrontée à l'immensité de l'Afrique, ma douleur semblait se perdre dans le souffle du vent. Petit désespoir au milieu de l'océan.

Après nous être gavés de savane et de chasse photographique, nous avons entamé la route plus au sud. Lorsque nous rencontrions des Anglais, nous les évitions. Je ne voulais pas savoir. J'écrivais tout de même à mon père de courtes lettres : tout va bien. Je m'empêchais de penser que quelque chose lui était arrivé. Je préférais croire que tout aller pour le mieux, comme pour moi.

Je regardais l'Afrique d'un autre œil : pas de désert, de pyramides, ni de couleurs. Juste de la vie. Un matin, il se mit à pleuvoir. L'Afrique chaude des pluies d'été se montrait sous un jour nouveau pour moi.
Chez nous, lorsqu'il pleut, les gens sont tristes, affligés, ils recherchent leurs maisons, leurs nids, un cocon où se réfugier.

Là-bas, quand il pleut, tout le monde fait la fête, remercie tous les dieux qu'il connaît. La pluie est superbe, pleine d'âme, de saluts, d'espoir et de sérénité. Un tic-tac qui ne connaît pas le bruit des horloges. La pluie est ici la plus belle des musiques, le plus doux des tintamarres.

Je voyais la route avec un regard de soleil : comme ce monde était beau. Le lac du Tanganyika me semblait le plus féerique du monde, entouré d'hippopotames se baignant paresseusement dans ces eaux, de minuscules barques le traversaient. Je prenais des photos. Djéryd et moi riions de plus en plus, de tout et de rien, des gens, des animaux, de nous. De notre aventure, de ce départ précipité sans avoir de but, de destinations.

Une fois encore, nous avons fait une longue pause. Personne ne nous attendait : mon père savait et Djéryd ne pouvait prévenir sa nièce d'Afrique du Sud, dernier membre de sa famille. Il me parlait beaucoup tout à coup, de sa mère à qui il vouait un véritable culte, de son enfance en Rhodésie (horrible nom pour désigner la Zambie), de la mort de son père, de ses sœurs parties se marier et de cette nièce, seule survivante, mariée, à Pretoria. Il me parlait de l'Afrique, avant. Il ne le disait pas, mais je savais bien que cela voulait dire avant les Européens. Il semblait triste quand il parlait du passé, alors je parlais du mien d'une manière drôle et ironique. Il riait aux éclats :

— Pauv' petite, t'as été bien malheureuse !

Non, pensais-je, j'ai été, c'est tout.

Sans nous en rendre compte, nous étions impatients de rejoindre Sayanne, sa nièce. Ainsi, nous passâmes la fin de l'année 1941 à Pretoria. Une année entière s'était écoulée, neuf mois sans Stephen, difficiles, mais surmontés. J'écrivais une longue lettre à mon père, racontant ce que j'avais vécu, lui souhaitant une bonne année, lui parlant de mon nouvel ami. C'était ce que Djéryd représentait pour moi, un ami, un compagnon avec qui, toute l'éternité durant, je riais de notre aventure incroyable, irréelle. Nous avions effacé ensemble les douleurs de nos vies, soudant notre espoir l'un à l'autre. Il était mon frère, l'homme que j'admirais le plus au monde. Sa gentillesse, ses manières, ses rires et son regard sur le monde, empreints d'un joyeux pragmatisme et d'une sagesse à la fois grave, précieuse et optimiste ; c'était un sacré personnage.

J'offrais à Djéryd une chambre d'hôtel, mais il refusait. Nous nous retrouvâmes dans la maison fraîche et sans fenêtres de Sayanne et de son mari, un homme très gentil, et de leurs cinq enfants. Je savais d'ores et déjà que Djéryd était chez lui : Fyem et lui bricolaient, Sayanne lui demandait des recettes et les enfants des histoires. Nous parlions chaque soir tels des vétérans se racontant leurs souvenirs de guerre pour l'énième fois. Je pensais qu'il voudrait rester lorsque je lui fis part de mon désir de partir :

— Je veux voir le reste de ce pays, me dit-il, je t'accompagne.

Nous allions donc reprendre la route en commençant par Johannesburg, puis en direction du Cap. Ainsi, j'aurais traversé l'Afrique du Nord au sud.

Au milieu du mois de février, nous visitâmes Johannesburg et je commençais à voir de plus près le mur entre noirs et blancs. Avec Djéryd, nous attirions tous les regards, nos rires et notre complicité amicale semblaient totalement incompris. Je pensais qu'ils ne pouvaient admettre que deux personnes si visiblement différentes pouvaient s'apprécier, mais en fait, ils faisaient exprès de se détester, de ne pas vouloir comprendre. Djéryd et moi parlions souvent de cela, le fait que nous nous laissions berner par les apparences.

L'Afrique du Nord était alors entrée en guerre, les Européens d'ici avaient été mobilisés. L'énorme machine se rapprochait. Nous partîmes alors pour Le Cap. La traversée fut une réelle partie de plaisir, un jeu d'enfant en vue de nos innombrables expériences. Le Cap me semblait une ville cossue d'Angleterre que l'on aurait posée là, au bord de l'eau, sous le soleil.

Nous avons pris la décision de louer une maison durant notre séjour, dans un quartier blanc. Djéryd s'amusait à se faire passer pour un serviteur, un majordome, ce qui ne manquait pas de piquant et provoquait régulièrement nos fous rires. Quelques Anglais venaient me voir, me dire qu'ils pouvaient m'aider, s'occuper de moi…

Djéryd riait sous cape. Besoin qu'on s'occupe de moi ? C'était

la chose la plus drôle qu'il n'avait jamais entendue…

Nous sommes finalement restés au Cap durant huit mois.

C'est dans cette ville que je rencontrais Jane Haylen, d'origine

allemande et anglaise, de sept ans mon aînée qui allait devenir

l'une de mes meilleures amies. Son mari était parti se battre –il

était anglais et elle n'avait plus de nouvelles. Je la consolais et

elle faisait de même. Elle était forte Jane, et je me rendais

compte que je l'étais encore plus. Par rapport aux autres

européennes, j'étais puissante. Aucune d'elles ne pouvait

ressentir ce que j'avais en moi : une force douce et tranquille.

Djéryd appelait cela le début de la sagesse, de la paix

intérieure. Peu m'importait, je me sentais bien.

En octobre 1942, Jane reçut une lettre, son mari était mort.

Durant deux mois, nos vies tournaient autour de sa tristesse,

nous replongeant, Djéryd et moi, dans nos propres pertes, nos

vies brisées. Enfin, elle alla mieux. Je me demandais comment

j'avais pu vivre ma douleur seule avec moi-même. Je n'avais

parlé à personne, mais j'avais eu le désert, les statues

gigantesques d'Abou Simbel, et l'immense ciel de la savane. Je

sentais me démangeaient une énorme envie de partir, ailleurs.

J'en parlais avec Djéryd, il acquiesçait distraitement :

— Je veux emmener ma famille loin d'ici.

Je comprenais. Jane émit le souhait de partir pour les États-

Unis, où sa sœur était allée dès le début de la guerre. Nous

avons alors convaincu Djéryd de partir avec elle. Je ne voulais

pas aller là-bas, je souhaitais rejoindre les Indes. Djéryd

refusait de me laisser partir, mais j'étais plus têtue que lui. Je

voulais être seule, face à ce que j'avais vécu. Les discussions

furent fastidieuses, mais je réussis à convaincre Djéryd que je

devais partir sans lui. Il finit par se taire, comprenant que ma

douleur n'était pas éteinte, que les États-Unis signifiaient

encore Stephen pour moi.

J'achetais enfin mon billet pour le bateau. Après mon départ,

Djéryd irait chercher sa famille tandis que Jane règlerait ses

dernières affaires. Puis, tous partiraient pour les États-Unis.

Jane me donna l'adresse de sa sœur à Philadelphie et je promis

d'écrire. Je n'étais pas malheureuse de quitter ce continent.

L'Afrique m'avait appris à déguster la vie et je m'empressais joyeusement de suivre son conseil. En février 1942, je pris le bateau pour Calcutta. Une nouvelle route, seule, dans un pays inconnu. L'aventure.

Des chemins intérieurs

« Qui cherche, même s'il ne trouve pas, se trouve. »

Robert Sabatier

Sur le minuscule bateau, je passais des heures entières à réfléchir à tout ce que j'avais vécu depuis mon départ précipité de la maison où j'ai grandi. Je n'avais plus d'âge. J'étais jeune pourtant -vingt ans-, mais la vie ne se compte pas en années, plutôt en expériences, en réflexions. J'avais le cœur et l'âme remplis, débordants même. Je me sentais épuisée de tenir tant de choses à l'intérieur de moi. Je me demandais quoi faire de tout ce que j'avais acquis, je cherchais à me décharger de ma soudaine gravité face au monde. Je m'obligeais à sourire, repensant à Djéryd et à sa vision de la guerre. Je pensais que le monde n'était pas fait pour des enfants, on nous forçait à être adultes. Personne n'était plus insouciant, joyeux ou même simplement bien. Je voyais enfin que l'Être humain n'était pas si égoïste ou indifférent au sort de ses semblables. Beaucoup pensaient à ceux qui se battaient, vivaient dans la misère, dans l'effroi ou l'inhumanité. Parfois, c'était pour se donner bonne conscience, mais le plus souvent, ces personnes que je croisais étaient touchées par les malheurs des autres. Ils auraient pu être de la famille, un ami, un ancien camarade de classe. C'était

loin de notre bateau, mais tout près de nos vies d'exilés.

Je regardais les eaux sauvages, souhaitant secrètement

qu'elles ralentissent notre course. Je désirais rester dans le

calme de cette traversée, avide de découvrir un horizon que je

connaissais mal : moi. Je me demandais ce que j'allais faire,

quelle vie m'attendait. Je pensais à après, une fois la guerre

terminée, comment le monde allait-il tourner ? Quelle place

aurais-je dans cette nouvelle ère ?

Je découvrais un mot qui remplaça celui d'Égypte : quête. Ma

quête, mon chemin. À nouveau, je focalisais tous mes vœux

pour l'avenir sur ce simple mot. Chaque fois que je le

prononçais, il me remplissait de joie, d'une douce lumière de

calme et de vie. Je me sentais puissante d'avoir foi en demain,

surtout lorsque tout le monde pensait qu'il ne resterait rien de

ce cataclysme. L'espoir est toujours empreint de jeunesse, il

l'habite, la transcende.

Je pensais aussi longuement à Stephen, à l'étourdissant

amour que nous avions partagé, à mon désespoir de vivre sans lui, à sa si pesante absence. Je m'efforçais de rencontrer en moi-même la femme, celle qui aimait encore un homme disparu. Restant dans la vie, comme s'il était encore là. Mon malheur était vécu par des millions de femmes durant cette période tourmentée, cela me rendait à la fois triste et bienveillante. Je ne souhaitais à personne de vivre ces tourments, mais je voyais aussi le grand écart entre elles et moi. Je me battais chaque jour pour vivre, pour oublier le chagrin. Même si on ne peut jamais effacer de son esprit les souvenirs d'un être aimé, il faut, pour vivre, occulter la fin tragique.

Sa mort m'avait ébranlée, mais à présent je n'avais plus peur de rien. Tant pis si la mort venait, tant pis si la guerre me frappait. Stephen mort, rien ne pouvait plus atteindre mon cœur. Je vivais, un jour après l'autre, tentant de me détacher de ma peine. Je me décidais à garder de cette épreuve ce qu'elle m'avait appris, mettant l'insoutenable de côté. La frappante réalité suivait dans les coursives les femmes, les orphelins, les dépossédés, mais elle ne me voyait pas. Je lui faisais face, aveugle dans mon silence et elle me laissait en paix. J'étais une ombre, une force intouchable, marchant dans la vie sans qu'elle n'ait plus de prise sur moi.

Je retenais ma respiration lorsque je posais le pied en Inde, à Calcutta. Une ville commerciale : le port ressemblait à un immense marché, entrelacs de produits, d'êtres acharnés à la tâche et de voix-commandeurs. À l'intérieur de la citée, je croisais des hommes qui portaient de grands draps oranges enroulant leurs frêles carcasses de chairs et d'os. Ces êtres, comme moi, traversaient le monde sans qu'il ne les touche. J'atteignais mon hôtel, paradis pour étrangers. C'était drôle, cet Etat dit britannique qui n'était en fait que sous couverture anglaise. Même cet hôtel, de style victorien, semblait illustrer un livre d'images. Le vent des Indes y soufflait si fort qu'il faisait vaciller l'édifice, la grandeur britannique. Ma chambre, petite et aussi simple que possible donnait sur une rue très fréquentée. À peine arrivée, je me pressais d'aller m'y balader. La rue était envahie de marchands vendant de tout : journaux, épices, fleurs, poissons séchés, fruits et légumes, et même de quoi manger sur le pouce. Tous assis à même le sol, souriant aux passants, discutant en bengali et parfois en anglais.

Curieusement les Britanniques semblaient éviter ces marchands. Moi, je sentais une piquante envie de déguster une spécialité, je mangeais donc une délicieuse sucrerie au goût de rose, au nom impossible à mémoriser. Je n'essayais pas de comprendre ces gens étrangers, je les écoutais. Je prenais le temps de les voir, transparents, différents, peut-être comme ils sont vraiment. Je me sentais bien entre ces sourires, ces regards emplis de curiosité, d'intérêt rassurant. Après, deux heures de flâneries aux alentours de l'hôtel, je rentrais dîner.

Dans la grande salle du restaurant à l'atmosphère feutrée, très british, une jeune fille attendait à une table. Elle avait à peu près mon âge, de longs cheveux bruns, de grands yeux noirs et une ombre au cœur. Elle semblait sur le point de pleurer, de hurler son tourment, sa colère. Mais non, elle ne bougeait pas et restait là, inerte. Je ne sais quelle impulsion m'obligea à m'approcher d'elle.

— Bonjour, vous sentez-vous bien ?

Elle leva les yeux vers moi, souriante malgré sa tristesse.

—Puis-je mentir ?

—Non, répondis-je, je le vois bien.

—Asseyez-vous, je vous en prie.

Tandis que je m'exécutais, elle me posait des questions :

—Vous êtes anglaise ? D'où venez-vous ?

—Oui…

—Excusez-moi, je m'appelle Louisa-May Spencer.

—Eléanor Caldwell, anglaise. Ravie de faire votre

connaissance.

—Moi de même.

Elle se tut soudain et je sentis qu'il fallait briser son silence,

l'obligeant à parler.

—Alors, qu'est-ce qui vous rend si triste ?

—J'ai peur pour mon père, dit-elle tout bas.

J'étais comme transpercée, je pensais au mien ; aurais-je pu

prononcer ces mots ?

Elle remarqua mon trouble, mais continua :

—Il se bat en France et je tremble pour lui. Et le vôtre ?

—Il est en Angleterre, mais il ne peut se battre, il a eu un bras brisé durant la Grande Guerre.

—Pourquoi n'êtes-vous pas avec lui ?

Je tombais, muette. Là, sur le vif, je ne savais quoi dire. L'arrivée du serveur me dispensa de répondre. Il prit notre commande et, naturellement, je m'installais à sa table.

Du hasard naquit notre amitié qui m'apprit, tout au long de ma vie, combien les amis sont précieux. Ils nous aident, imperceptiblement, à poursuivre notre chemin, tandis que nous prenons part au leur. Et, nos vies mêlées gardent ces êtres toujours présents à nos mémoires, alors même qu'ils sont absents. Djéryd m'apprit l'amitié, le partage intime, les conversations qui durent des heures, jusqu'à ce moment où vidés enfin de toutes nos émotions, on est prêt à s'abandonner à nouveau. Je donnais donc mon attention à Louisa-May, sans attendre rien d'autre que de goûter la présence de cet être si généreux, cachant son irradiante lumière derrière une timidité maladive. Seules toutes les deux, si jeunes, livrées à nous-mêmes, dans un pays étranger, à une période chaotique, nous restâmes ensemble. Nous tentions à notre manière de prendre

part à la vie des Calcuttiens. Ainsi, nous aidions la mission

catholique française où, en contact avec la dureté de notre

gouvernement, nous abandonnions toutes deux le peu de fierté

qui nous restait d'être anglaises. La mission s'occupait d'un

dispensaire et d'une école de rue. Le père Armand et les cinq

sœurs qui l'accompagnaient dans sa cause, Victorine, Marie-

Astrid, Dominique, Magdalène et la vieille Antoinette, furent

ravies de notre arrivée. En effet, pendant les trois années que je

passais à Calcutta, nous avons vécu une guerre : une autre

bataille, dure, différente. Nous, en tant qu'Occidentaux, ne

risquions rien, mais voir la misère absolue, la famine, les

souffrances des autres, ne permettent pas de vivre dans

l'indifférence. La tâche qui fût la nôtre était ardue et il nous

fallut courage, témérité, audace et espoir pour continuer à

vivre et à soutenir ces gens censés être aussi anglais que nous.

Au début de l'année 1942, la vie tournait normalement, je

faisais connaissance avec ces amis : notre travail, une goutte

d'eau dans le désert.

Dès notre rencontre, j'annonçais la couleur au père Armand. Un homme bien, droit, tolérant et qui fût le seul prêtre que je pus appeler ami, le seul que j'admirais.

—Je ne suis pas catholique.

—Ah ! Quelle est donc votre religion ?

Je me pinçais les lèvres, sachant qu'il préférait me voir croyante qu'athée.

—Je n'en ai pas.

Ses yeux tombèrent dans le vide :

—J'ai la foi pourtant, je crois en l'Homme.

Il releva les yeux vers moi, esquissant un léger sourire.

—Moi aussi.

Dans la seconde, cette discussion provoqua chez l'un et l'autre un immense respect. Il comprenait mon point de vue. Peu importait que je croie ou non, comme son Dieu, j'avais confiance en l'être humain.

Mes rapports avec les sœurs étaient plus délicats, tout au moins au début. À part Antoinette et Astrid qui m'avaient prise sous leurs ailes, les autres restaient froides, distantes. Les changements détruisirent leurs préjugés, nous devions nous serrer les coudes et aucune dissension n'était permise. Nous devions nous accepter, nous aimer telles que nous étions. J'écrivais à Jane et Djéryd, accompagnant ma lettre de quelques photographies prises à la va-vite. Celles du port, du marché aux fleurs, du Victoria Memorial –immense bâtisse mélangeant tant d'influences qu'elle en devient inqualifiable- et la mosquée Nakhoda aux briques rouges sortant de terre, couronnée de dômes blancs posés entre les nuages.

À Calcutta, je développais les photos de la traversée de l'Afrique. Louisa-May n'en revenait pas : cette savane, ces animaux, ces immenses espaces à couper le souffle, ces lacs sans fin, ces routes qui touchent l'horizon.

—Tu as traversé tout ça ?

—Et oui, souriais-je.

Cela semblait toujours plus difficile aux autres qu'à moi qui l'avais vécu. Nous sommes plus forts que l'on ne croit. En repoussant nos limites, on atteint sans s'en douter des moments, on suit des chemins dont on ne pensait être digne.

L'Homme est toujours capable de mieux. Ce n'est pas facile, mais la fierté que l'on ressent, sa force et son bien-être nous amènent finalement au bonheur. Il faut penser le monde beau, grand, généreux pour qu'il naisse de nos mains, alors nous serons honorés d'y vivre.

En avril, il commençait à faire excessivement chaud, une atmosphère brûlante, humide, insupportable. Tous les Occidentaux étaient malades alors que les hindous semblaient ne pas sentir les effets de cette étouffante chaleur. Louisa-May et moi passions nos après-midi à dormir dans nos chambres, où tout avait été fait pour le plus de fraîcheur possible. Nos soirées se terminaient très tard à la mission. Le matin, nous allions prendre des photos, Louisa-May me montrait des lieux inconnus, des choses insolites. Les rizières, les sâdhu –ascètes hindous- assis dans d'inconfortables positions, leurs damaru – tambours- et leurs tridents décorés, en l'honneur de Shiva.

C'était incroyable ces hommes sales aux cheveux couverts de cendres, à peine vêtus, pour se détacher de la matérialité du monde, s'approcher de l'essence majestueuse de l'Être. C'était exagéré cette autoflagellation, un peu facile aussi. Atteindre le même but sans fuir le monde semblait la route royale, celle qui aurait pu amener ces hommes à la libération intérieure. Plus le chemin est dur, plus il est gratifiant.

A la mi-mai, la chaleur torride laissa la place aux pluies torrentielles de la mousson. Jusqu'en septembre, j'assistais pour la première fois de ma vie à l'événement le plus incroyable qui soit. La vie, le travail s'organisaient avec dix centimètres d'eau dans les rues. Les taudis des plus pauvres donnaient l'impression de s'effondrer dans la minute suivante sous les coups d'eau projectiles. Nous tentions d'aider les habitants même s'ils ne semblaient pas perturber par la pluie. Ils continuaient à sortir, à travailler, à conduire tels des chevaux les petites voitures. Tandis que nous sortions de moins en moins, car nous avions de l'eau jusqu'aux mollets –et parfois plus-, eux ne s'en préoccupaient pas. L'habitude défait l'exceptionnel. Je prenais des photos par dizaines, épuisant mes pellicules. Je voulais fixer cela, en témoigner, dire :

—Voyez, ces gens vivent ainsi, en seriez-vous capables ?

Vers la fin de l'été, les Calcuttiens commencèrent à défiler dans les rues : des membres du comité national du congrès, dont Gandhi et Nehru, avaient été jetés en prison. Ils voulaient l'indépendance. La police et l'armée firent représailles des mouvements de foules : ils leur tiraient dessus, leur envoyaient des grenades de gaz larmoyant, il y eut aussi de nombreuses arrestations. Mais sans raison, les Hindous n'avaient pas fait preuve de violences à leur égard… mais, ils apprirent.

Barrages dans les rues, incendies dans des opérations courtes, mais efficaces. C'était surtout des étudiants. Pour les soutenir, et nous protéger, nous avions adopté le sari traditionnel. Mais le mouvement d'indépendance commençait à se taire. D'autres évènements plus graves allaient toucher Calcutta. La prise par les Japonais de la Birmanie –principal importateur de riz au Bengale- amenait, en plus de centaines de milliers de Birmans, une rumeur grandissante de famine. La peur se fit croissante : début décembre, les Japonais, cinq jours durant, nous bombardèrent.

Louisa-May et moi voulions partir, le père Armand nous convainquit de ne pas nous précipiter, notre aide ici était nécessaire. Au bout de ces cinq jours interminables, les bombes cessèrent de tomber. La peur demeurait bien sûr, nous sommes restées contrairement à plusieurs centaines de milliers d'habitants qui fuirent le Bengale. Tout semblait rentrer dans l'ordre et Noël se déroula dans le soulagement.

L'année 1943 fut très éprouvante. Par manque de prudence, le gouvernement britannique du Bengale, en privilégiant Calcutta, mit en danger le ravitaillement des campagnes alentour. En mars, nous apprenions par le Statesman qu'une famine touchait le monde rural. Déjà, un énorme flot de pauvres affamés arrivait à Calcutta. La soupe populaire de notre mission rassemblait toujours plus de monde. Tandis que les habitants de Calcutta, les Britanniques d'origines, tous ceux nécessaires à la vie économique de la ville avaient largement de quoi manger, les indigents des campagnes mourraient de faim devant les restaurants bondés. Simplement pour un détail géographique.

Les journées semblaient trop courtes : aller chercher les stocks de riz et de légumes, remplir les papiers pour les autorités, préparer les soupes, les distribuer, ranger, nettoyer, et le lendemain, tout recommencer. La moitié de l'année écoulée avait vu des milliers de morts, de faim ou de maladies. Mort atroce qui fut la leur. Voir la souffrance la plus absolue marquer ces bouts de chairs fut horrible. Ces gens devenaient des animaux, l'inhumanité régnait dans les rues.

Entre juillet et septembre, des dizaines de milliers de campagnards affamés affluèrent à nouveau. Nos soupes populaires devenaient le théâtre de bagarres, de violences incontrôlées. Le dispensaire débordait de malades, des enfants surtout, qui attendaient par terre d'être soignés, ou de mourir, hurlant comme des animaux. Le temps nous manquait, les aides aussi. Nous n'avions plus de riz à ajouter aux soupes, parfois des grains abîmés, rendant ces maigres portions moins consistantes. Nous tentions également d'apporter vêtements ou abris à ces exilés.

Les Occidentaux ne sortaient plus, de peur que les affamés ne les supplient, s'agrippent à leurs jambes les empêchant d'avancer. Quémandant de leurs faibles voix caverneuses : « Ma ! De l'eau, du riz, quelque chose ! »

Près de deux millions de personnes périrent. Louisa-May et moi réussîmes à sauver deux jeunes enfants d'environ trois ans, vendus par leurs parents pour quelques grains de riz, puis abandonnés comme des centaines d'autres. Ainsi, Louisa-May s'occupait de la petite Shira et moi d'Izra, un petit garçon à la maigreur horrifiante. Nous avons ainsi réussi à leur redonner un semblant de vivacité malgré leur très grande faiblesse physique due à la malnutrition.

J'avais aussi pris sous mon aile la vie d'un vieil hindou qui, affamé, décida de jeûner pour la gloire de Shiva, pensant ainsi atteindre l'illumination spirituelle. C'est lui, Bherani qui me fit découvrir les profondes croyances hindoues et le chemin qu'il prônait, tandis que je lui offrais de quoi manger à sa faim. Dès octobre, le riz commençait à nous parvenir d'autres régions de l'Inde. Il fut distribué à Calcutta et dans les campagnes environnantes. En novembre, les excellentes récoltes mirent définitivement fin à la famine de 1943. Nous gardions pour Noël, à la mission, les orphelins et les femmes encore trop affaiblis, ainsi que quelques prostitués au bord du gouffre. Nous leur avons donc offert une fête, plus pour la fin de leurs tourments que la naissance du christ. Bherani, Izra et Shari faisaient partis de nos vies, de notre famille de fortune, ou plutôt d'infortunes.

Bherani restait à la mission où sa sagesse et son amitié avec le père Armand lui assurèrent une place toute sa vie durant. Nos deux petits orphelins vivaient à l'hôtel avec nous. Malgré tous nos soins, la petite Shari tombait malade, elle avait été si affaiblie que Louisa-May ne se faisait guère d'illusion. Pourtant, Shari vécu, mais Louisa-May, éprouvée par la peur de voir mourir ce petit être s'empressa de la confier à une famille de vieux coloniaux. Quant à moi, je me refusais à me séparer d'Izra qui semblait avoir retrouvé un peu de joie de vivre et je ne voulais pas déchirer son mince bonheur. Il me souriait, me regardait faire et m'imitait et il me parlait, enfin. Il avait mis beaucoup de temps à communiquer. Il est hors de question pour moi de briser sa confiance.

Encore secoué par notre éprouvante année, chacun réagissait à sa manière. Le père Armand se jetait à corps perdu dans la vie de la mission ; les sœurs s'occupaient des malades ; Louisa-May tentait d'aider certains exilés à regagner leur campagne ; moi, je ne pouvais plus. J'avais tant donné que je me sentais vidée, écrasée par la vie des autres. Je ne pouvais plus regarder ces rues ordonnées et nettoyées sans revoir ces corps décharnés, ces enfants hurlants et ces femmes aux larmes sans fins. Je racontais tout cela à Louisa-May qui déposa l'appareil photo entre mes mains, me conseillant de visiter d'autres régions.

— Cela te fera du bien, tu penseras à autre chose. Tu prendras d'autres photos.

Le père Armand m'encouragea à remplir mon cœur d'autres horizons. Je partais donc, avec Izra. Au début, sœur Victorine objecta que j'étais trop jeune, que la place d'Izra était à Calcutta. Antoinette et Magdalena me défendirent : une personne qui aimait cet enfant valait mieux que le dispensaire.

Le père fit taire toutes contestations, nous prîmes donc le train

pour Bénarès à la fin du mois de janvier. Le dernier conseil que

j'entendis fut celui de Bherani.

— Mêle ton âme aux croyances de mon peuple pour trouver

ton chemin. Ta quête est de trouver ta maison.

Ce que je fis.

Le nombre d'heures passées dans le train dépassait

l'entendement, pourtant tout le monde était calme, à peine

impatient. Je savourais à nouveau le silence bienfaiteur,

admirant le calme sans horloge de la vie hindoue. Le silence

est un joyau sans fin, aux multiples facettes étincelantes, taillé

dans le plus beau des minerais. Il est en lui-même différent et

semblable. Il peut être vide, rempli, synonyme d'absence ou de

solitude. Il peut comporter une complicité interdite de mots, se

complaire de pensées ou de sons intérieurs. Le silence est le

compagnon du solitaire comme l'outil celui des travailleurs,

chéri et haï, impossible de s'en détacher.

À notre arrivée à Bénarès, Izra, qui avait dormi pendant tout le trajet, avait envie : marcher, voir, toucher. J'acquiesçais, malgré ma fatigue, à son désir de se dégourdir les jambes. Nous allions donc voir le Gange, fleuve sacré des hindous. Nous descendions les Ghâts -escaliers- du fleuve et je faisais toucher à Izra, du doigt, l'eau chérie de l'Inde. Il riait aux éclats de ce fluide humide et pâteux courant sur sa peau. Le nombre de gens se baignant dans le fleuve était incroyable. Tous venaient chercher une bénédiction. La vision du Gange sous le soleil me fit sortir mon appareil photo. Je demandais à un Rickshaw de nous amener à un hôtel.

Le lendemain, je passais par le marché aux légumes. Puis, dans la journée nous allions voir le palais Man Mandir, imposant bâtiment doté d'un observatoire d'astronomie. Les pieds sur le marbre, la tête dans les étoiles. Nous passions lentement nos journées à flâner dans les rues. Nous assistâmes à des crémations, à des prières bouddhiques, aux efforts gymnastiques de quelques sâdhus. Les temples, un peu partout, dédiés aux dieux principaux, étaient peuplés de croyants aux offrandes colorés, aux prières dont les sons monotones étaient toujours les mêmes. Partout des linga – symbole phallique de Vishnou- étaient respectueusement nettoyées, garnies de sucreries, de fleurs et d'encens. Nous traversions le bazar, amas d'articles aussi variés que possible. J'achetais des saris en soie de Bénarès, quelques vêtements pour Izra et, pour moi, une jolie robe bleue. Dans les rues, Izra s'amusait des vaches décorées de colliers de fleurs.

Puis ce fût Holi, la fête du printemps. Les gens, oubliant les règles en cette journée fastueuse, s'arrosaient de peinture et d'eau. Ils se retrouvaient ainsi, bariolés de couleurs, discutant, flirtant, les uns avec les autres sans différences de sexe, d'âge ou -et surtout- de castes. Je goûtais cette journée avec Izra, le voyant rire aux éclats des grimaces que lui faisaient les passants aux mille couleurs.

Nous avons alors repris le train en direction de Prayag (Allahabad), cette ville, jonction des deux fleuves du Nord : le Gange et la Yamunâ, rassemblaient de nombreux pèlerins. On pouvait voir les murs d'une ancienne forteresse datant du

XVIe siècle. Après deux jours de repos, nous sommes repartis

pour Agra. Nous restâmes plusieurs semaines dans cette ville

où je prenais de nombreux clichés. Tout d'abord, du Fort

Rouge constitué de plusieurs palais de marbre, séparés par des

cours, une mosquée et une haute tour. Je prenais plaisir à

photographier ces édifices et Izra s'amusait à regarder dans

l'objectif. Puis, il y avait aussi le Taj Mahal. Son immense parc

accueillait les jeux enfantins d'Izra, je regardais les reflets du

majestueux tombeau dans les eaux du bassin qui le précédait.

Je prenais, je ne sais, combien de photos, attendant la parfaite

lumière éclairer les fins découpages de ce palais. Comme je

comprenais l'empereur qui avait dédié ce palais à celle qu'il

aimait : pour Stephen, j'aurais construit un escalier touchant le

ciel, élevé à la mémoire de ceux qui restent seuls. Finalement,

en honorant son épouse bien-aimée, l'empereur a construit un

palais pour tous ceux qui s'aiment, qui se sont perdus, que la

vie a séparés, ceux qui n'ont jamais cessé d'aimer. Je prenais

mon temps ici, laissant toutes les blessures du temps se

refermer, grâce au lieu et à Izra.

Je ne sais pourquoi j'envoyais, dans l'un de mes courriers à mon père, une des photos du Taj Mahal au coucher de soleil. Peu à peu, je reprenais confiance en lui, je lui confiais tout de ma vie, de mes impressions, de mes sentiments, de mes colères. Il avait commencé à me répondre aussi, pour me parler de notre maison, de jardin, de ce qui se passait dans notre village. Je savais à présent que je reviendrais un jour à lui.

Delhi m'émut : la mosquée Juma Masjid, aux trois coupoles blanches et aux deux minarets. Mais je voulais disparaître à la vue des confrontations entre anciens et nouveaux, entre Hindous et Anglais. Je soutenais tout mouvement d'indépendance, je refusais toute déférence à mon égard. Malgré cela, je restais quelque temps dans cette ville. J'y développais toutes mes photographies et achetais du nouveau matériel. Izra grandissait à vue d'œil et je commençais à prendre quelques clichés de lui. Qu'allais-je faire de cet enfant, quel avenir allait-il avoir ?

D'un côté, je savais pertinemment que je ne l'abandonnerais pas, et je me demandais s'il devait quitter son pays. Il me semblait évident qu'un jour je m'en irais. Il est difficile de se détacher d'un enfant que vous avez soigné, pour lequel vous avez tremblé, pleuré, rugi de colère. Difficile de ne pas se sentir responsable de lui lorsque vous lui avez appris à dessiner, à prononcer des mots compliqués ou faire des phrases grammaticalement correctes.

Je partais durant les fêtes de Dusshera, après avoir vu les feux d'artifice éblouir le ciel de Delhi. Le souvenir de ces lumières dans le ciel fut le premier d'Izra, longtemps il me parlait de cet inoubliable moment. De retour à Calcutta, ce fut la joie des retrouvailles. Louisa-May et les sœurs avaient souhaité inviter les amis Indiens que j'avais depuis mon arrivée, presque trois ans auparavant. Je ne me rendais pas compte à quel point je connaissais et appréciais toutes ces personnes : Bhakti, Seiliän, Kailya, Vilya et tant d'autres. Ma longue absence me permit de prendre conscience de l'importance de ces amitiés forgées dans la douleur. Le père

Armand me trouvait radieuse et Bherani me posait des questions. Les photos de notre périple circulaient entre toutes les mains et Izra entre tous les bras, considérés comme miraculeux. Peu d'enfants avaient échappé aux famines et maladies de 1943 sans avoir de séquelles.

Le bonheur était là, dans cet endroit misérable où les gens savaient se parler, donner, écouter, rire, se moquer. Je me souviens aujourd'hui surtout des rires et des sourires que nous échangions, comme une intime compréhension, une reconnaissance tacite.

Le lieu nous empêchait de nous déchirer. C'est vrai qu'ils rêvaient tous d'une vie meilleure. Mais, je savais bien qu'on n'était pas plus heureux dans les châteaux. Noël se déroulait ainsi, mes amis autour de moi. Louisa-May était radieuse, impatiente du lendemain, et moi, d'un calme étonnant. Toutes les deux, déjouant les amusements spectaculaires, restâmes fêter le Nouvel An à notre hôtel, où une réception avait été organisée.

C'est en ce lieu et durant cette soirée magique où je me laissais griser que je rencontrais Jonathan Gray. Il était médecin et avait été catapulté ici par l'armée, il avait soi-disant secouru un ennemi. C'était un jeune homme d'une trentaine d'années, grand, bien habillé, brun. Dès nos présentations, je remarquais l'effet que je produisais sur lui. Nous discutâmes, toute la soirée durant. Sans aller plus loin.

Quelques jours plus tard, je le croisais en bas de mon hôtel et, à sa demande, lui fis visiter la ville. Il insista pour me prendre en photos, dans ma robe bleue, mes cheveux blonds détachés, toujours aussi mince et petite.

Il me ramena dans sa chambre, j'étais trop attirée pour protester. Il regardait la jolie robe bleue comme un naufragé aperçoit une île. Il défit la robe et je me demandais s'il se rendait compte qu'il y avait quelqu'un à l'intérieur. Savait-il que j'étais une personne ? Je ne crois pas. Tant pis, je m'en fichais. Il était doux avec les mains, tendre avec le regard, sans dire un mot, sans mentir. Plusieurs mois durant, je passais mes nuits avec lui, sans le voir de la journée. C'était si différent :

avec Stephen nous parlions sans cesse. Avec Jonathan, je n'avais pas les mêmes sentiments. Une tendresse envers cet homme brisé certainement, mais bien loin de ce que j'avais ressenti pour Stephen.

Ce fut bientôt la fin de la guerre, et la fête. Jonathan était plus sombre qu'auparavant, je comprenais tout à coup qu'il était comme mon père, détruit au plus profond de lui. Même s'il m'aimait, peut-être, il ne pouvait pas vivre, il ne savait plus être heureux. Je me sentais, depuis quelques semaines, aussi flétrie que lui. En décembre, il voulut m'obligeait à faire adopter Izra, je ne pus accepter cela. Rendre ceux qu'on aime malheureux pour pouvoir les regarder en face, je trouvais cela pitoyable. Je l'aimais, mais pas au prix de renier ce que j'avais construit depuis six ans. Je le lui dis, espérant le faire réagir, mais il se mit en colère. Jonathan décida alors de rejoindre l'Angleterre et voulait que je vienne avec lui. Je refusais, sentant que là-bas, il ne me laisserait pas libre d'être moi-même. Je le vis me quitter, la peur au ventre. J'étais enceinte depuis plus de deux mois.

Je réunis alors mes amis les plus proches : Louisa-May et Bherani, devenus eux-mêmes inséparables depuis mon voyage. Je leur appris la nouvelle et leur expliquais que je me refusais à le dire à Jonathan, sentant impossible l'acceptation d'une telle charge.

Avant notre discussion, je ne savais pas trop ce que je souhaitais faire. Mes deux amis, à force de me questionner, me firent dire que je réclamais, enfin, mon père. Louisa-May était ravie, elle voulait revoir sa tante et sa grand-mère. Bien entendu, je voulais emmener Izra. Je m'étais douté de cela depuis longtemps, mais je n'avais aucune idée de ce qu'il fallait faire pour adopter officiellement le petit garçon. Je me confiais au père Armand. Nous envisageâmes toutes les possibilités. Nous ne savions rien d'Izra : nous n'avions pas réussi à trouver trace de sa famille. Son nom n'était même en fait que surnom. Sans documents attestant de son identité, de son abandon, de sa famille souhaitant le faire adopter, ou même morte durant la famine, je ne pouvais pas l'adopter. Je me souviens avoir pleuré des nuits entières, maudissant ceux qui l'avaient laissé sans nom et sans papiers tel un animal. J'ai alors envisagé de passer le reste de ma vie en Inde.

Mais le père Armand trouva un moyen. Puisqu'il n'existait nulle part, je pouvais bien être sa mère naturelle. Le père Armand se débrouilla pour lui créer un acte de naissance. Ainsi, Izra devint citoyen anglais, né d'un père indien inconnu et d'une Anglaise, il porta donc le nom de Caldwell. Il fallut bien évidemment changer son âge, le rajeunir un peu, mais comme nous n'avions jamais réellement su sa date de naissance, nous lui en avons inventé une. Je choisis une date en été pour qu'il puisse avoir une jolie fête au soleil et j'écrivis à mon père que je rentrais. J'avais passé sept années sans lui, ou plutôt, il avait vécu sept ans sans moi. J'étais une enfant, une gamine audacieuse, je revenais femme, grande, mère adoptive et prête à donner la vie. Il me répondit qu'il nous attendait et que j'avais eu raison de tout faire pour donner une meilleure vie à Izra. « C'est ce que tout parent doit faire pour ses enfants » avait-il écrit. Il m'émut aux larmes. Bhérani me fit jurer qu'Izra connaitrait son pays et ses traditions et de lui écrire chaque semaine. Il recevrait des lettres chaque semaine à sa mission, que les sœurs lui lisaient chaque dimanche après-midi en buvant le thé.

Après avoir finalisé toutes les formalités, nous avons fait une grande fête dans notre quartier à Calcutta. Le départ des deux Anglaises qui avaient soutenu et aidé les Calcuttiens lors de la grande famine rassemblait beaucoup de monde, les réjouissances durèrent jusqu'à l'aube. Deux jours plus tard, le 4 janvier 1946, nous embarquions pour l'Angleterre.

L'inconnu

« On ne voit bien qu'avec le cœur.

L'essentiel est invisible pour les yeux. »

Antoine de Saint-Exupéry

Le voyage de retour fut une grande première pour tous : nous avons pris l'avion jusqu'à Londres. Je ne m'en souviens plus tellement, trop préoccupée par les retrouvailles avec mon père. Louisa-May partit rejoindre sa famille ; je revins donc seule par le train que j'avais emprunté sept ans auparavant, avec un Izra très impressionné et frigorifié. Sur le quai, mon père me souriait timidement, les cheveux grisonnants, les joues creusées. Il me prit dans ses bras quelques instants, me demandant si j'allais bien, puis il se tourna vers Izra :

—Bonjour, mon garçon, je suis ton grand-père.

Izra, comme il le faisait toujours, se jeta dans ses bras. Je fus touchée au-delà des mots par l'attitude de mon père. Il ne disait rien, comme autrefois. Il ne faisait aucun commentaire, ne se permettait aucun jugement, mais je parvenais à présent à discerner que c'était sa façon d'être respectueux, sa manière à lui d'autoriser les autres à être libres. Bherani m'avait dit qu'un père, c'était un amour sourd, muet, mais aussi puissant que les fleuves. Il avait raison.

Le soir même, je lui annonçais la seule chose que je n'avais

osé lui apprendre par courrier. J'étais enceinte. Il accusa le

coup, me demandant simplement où était le père. Je lui

racontais ce que je pus, sans m'affranchir du fait qu'il était là

devant moi, et que me confier à lui était bien plus facile par

courrier.

—Je vois… Si tu penses que c'est mieux comme ça.

—Je ne sais pas vraiment. Parfois, je me dis que j'ai eu tort,

mais je me souviens de la manière dont il traitait Izra et je ne

pouvais accepter cela.

—Alors c'est ta décision. C'est un garçon adorable, tu l'as bien

élevé, il est heureux ; tu peux être fière de toi.

Il fit une pause lourde de sens :

—C'est pour ça que tu es revenue ?

—J'avais besoin de rentrer. C'est tout.

—D'accord. Tu vas rester un peu alors ?

Sa voix était pleine de doutes, chargée d'émotions qui

semblaient ne jamais quitter l'intérieur secret de son cœur.

—Oui, lui ai-je souri, je n'ai rien à faire ces prochains mois !

Soulagé, il me parla d'un ami qui travaillait pour un magazine de voyages et qui serait intéressé par mes photos.

—C'est ce que tu devrais faire Ellie, tes photos sont tellement belles.

Ce soir-là, entourés de mes photos, je refis avec lui tout le périple qui m'avait finalement ramenée. Mon père n'en perdit pas une miette et je le vis sincèrement intéressé, me questionnant sur ce que je lui avais raconté et qu'il n'avait jusque-là pas osé demander.

Pendant les semaines qui suivirent, je fis avec mon père le tour de notre domaine. Il m'apprit ce qu'il fallait pour diriger le château. Il me confia qu'il avait vendu beaucoup de terres, les bâtiments coûtaient cher à entretenir et il avait dû embaucher des gens pour faire ce dont il était incapable. Il ne mentionna jamais qu'il avait aussi payé mes voyages à l'autre bout du monde. Il m'avoua aussi sa lassitude, sa fatigue d'avoir à gérer ce grand domaine sans ses hommes de confiance, partis à la guerre. Il avait néanmoins réussi à trouver une personne, Marthe, pour l'aider à tenir ses comptes et celle-ci lui avait conseillé de passer l'hiver à Londres dans une maison plus petite et plus confortable, moins onéreuse à entretenir. Mon père me proposa alors de partir s'installer là-bas pour accoucher dans un hôpital plutôt que dans notre vieux château humide.

Anne, la vieille gouvernante, mon père, Izra et moi sommes donc partis nous installer à Londres dans une maisonnette près de Parliament Hill. Notre jardin, la proximité d'un grand parc et de lacs, donnait à mon père, homme de la campagne, la nature dont il avait besoin. Il prit soin d'Izra : il lui lisait des histoires, lui faisait travailler sa lecture et son calcul, il jouait avec lui dehors et lui apprit même à nager. Je lui étais reconnaissante de s'occuper de cet enfant bien remuant alors que j'avais de plus en plus de mal à me déplacer.

Début août, un mois exactement après l'anniversaire d'Izra, j'accouchais d'un petit garçon prénommé William. Les premiers temps de sa vie, je me consacrais entièrement à ce petit être merveilleux.

Pendant cette période, le journal qui m'avait acheté plusieurs photographies me demanda si je pouvais faire deux recueils, un sur l'Afrique et l'autre sur l'Asie. Je me retrouvais donc à choisir et légender mes photos.

Après la sortie du premier livre, en 1947, Djéryd et Jane débarquèrent chez nous. C'était un mois de mai très chaud et nous passions toutes nos journées à flâner et discuter. Je me rendis compte alors combien Djéryd m'avait manqué. C'était mon seul ami, celui qui me connaissait mieux que moi-même. Même Louisa-May, avec qui j'avais vécu pourtant tant de choses, n'avait pas autant d'influence sur moi. Avec Djéryd nous étions égaux, et cela changeait tout. On peut être amis avec quelques personnes : leur offrir du temps, de l'écoute, des conseils et ils en feront autant pour vous. Et puis il y a ceux qui lisent dans votre âme et que vous comprenez en un seul regard. Ces amitiés sont des talismans. Et Djéryd fut le mien.

Mon père et Djéryd s'entendaient bien. Ils ne parlaient pas beaucoup, mais faisaient de longues balades, lisaient dans la même pièce, Djérid que de la poésie et mon père des livres de sciences. Et ils s'occupaient d'Izra et de William. Djéryd regardait ces enfants avec plaisir. Il m'avait une fois confié son désespoir, son mariage échoué, car il ne pouvait avoir d'enfant. Sa femme l'avait quitté pensant que c'était sa faute, et puis elle avait eu un enfant avec un autre. Pour Djéryd, c'était une blessure à vif, toujours profonde et inoubliable. Alors, je faisais tout pour qu'il ait une place dans la vie de mes enfants. Après quelques semaines, Jane voulut rentrer chez elle. Djéryd resta avec nous. Et il ne nous quitta jamais plus.

Mon père avait de plus en plus de problèmes avec le domaine. Nous avions décidé que, pour le bien-être de tous, Londres était un meilleur choix que le château. Il y avait des écoles, des médecins, mon éditeur, et le cabinet qui gérait les placements de mon père. La question du domaine devenait compliquée : mon père n'aimait plus y retourner, il repoussait les dates, réduisait la durée de ses séjours, trouvait des prétextes pour rentrer plus tôt, même lorsque nous étions tous là-bas, il semblait triste. Il reprenait vie une fois dans notre maison de Londres. Un soir, nous discutâmes tous les trois. Il devait repartir là-bas pour vendre un nouveau terrain. On le voyait désespéré. Djéryd avait les mots pour aborder ce que nous ne voulions accepter.

—Pourquoi retourner là-bas encore et encore si ça vous rend malheureux ? Une maison, c'est un refuge, c'est comme une personne de la famille…

—Djéryd a raison papa. Je sais que c'est difficile de l'envisager, mais…

—Tu veux que je vende ? demanda-t-il, l'air dépité.

—Qu'en penses-tu ?

—Il y a de lourds travaux à faire, répondit-il. Le plus important étant la toiture, mais aussi des fenêtres à changer, la grande cheminée à réparer, le plafond du deuxième étage à refaire… Et je ne sais pas comment y parvenir.

—Papa si tu le vends…

—Je pensais que ce serait ton héritage et que…

—Je sais, mais je n'y vivrais jamais. Je n'aime pas cet endroit. Et toi non plus. Je ne sais pas. Je ne veux pas avoir à m'en occuper.

Mon père enfouit sa tête entre ses mains. J'étais désolée de le voir aussi dévasté. Mais Djéryd avait compris tout ce qui hantait mon père :

— Ma mère, elle ne possédait rien. Mais elle me disait que j'étais la dixième génération du grand chef Oungalu. Et que je devais en être fier. Elle me racontait qu'il avait était un grand chef, un homme bon, un grand guerrier. Je n'ai rien de lui, à part mon sang. C'est le plus important. Honorer ses ancêtres, les rendre fiers, cela ne va pas dire que l'on doit vivre toujours dans leur maison. Tu dois protéger ce qu'ils t'ont laissé. Alors, laisse-le à une personne qui aura l'amour et l'argent de prendre soin de la maison de tes ancêtres.

Quelques mois plus tard, nous avons vendu tout le domaine. C'est aujourd'hui un hôtel, avec une toiture neuve, des fenêtres bien isolées et le chauffage central. Mon père, libéré du fardeau qui le tenait enchainé depuis son enfance renaissait lentement sous mes yeux.

À la demande de mon éditeur et devant le succès de mes deux premiers livres, je me décidais à repartir pour des vacances d'été en France et en Grèce. Mon père, Djéryd et les garçons étaient du voyage. Enfin, après avoir connu l'apaisement d'une vie plus tranquille, routinière, quotidienne, qui empêche si souvent l'âme de s'apaiser, je goûtais à nouveau au plaisir de m'en échapper.

Ciels

« Esclave de son rêve et libre de ses pas. »

Paulo Coelho

Avec le succès et les encouragements de mes recueils photographiques, j'étais à présent photographe et c'est avec un œil nouveau, plus professionnel, plus responsable de l'image des pays que je donnerais à voir aux autres que je parcourais ces pays à la lumière splendide. Ainsi, Djéryd me fit remarquer que je prenais souvent des photos du ciel. Nombre de mes clichés représentaient la terre et ses bâtiments sur une ligne d'horizon correspondant à un dixième de l'image, laissant le ciel englober ses halos de clarté. La photo que je préfère en est l'exemple parfait. Je l'ai prise un soir sur les côtes bretonnes. Une trouée blanche pour seule lumière, sinon une hécatombe noire enchaînant la terre au ciel. Et ces majestés, loin du dernier pôle d'habitation, seuls signes humains aux abords de la mer retranchée. C'était comme si, l'espace d'un court instant, la nature divine se manifestait. Jamais l'Homme ne crée de choses aussi belles, sinon en copiant la nature. Il m'a toujours semblé que si Dieu existait, c'était à lui que nous devions ces choses insignifiantes : le soleil, la musique d'un torrent, la beauté. J'ai à présent l'intime conviction que l'idée de Dieu est finalement bien plus belle et généreuse qu'un Dieu qui vivrait encore à nos côtés et dont nous aurions la preuve irréfutable. N'étant pas sûrs de son existence, nous devons apprendre à nous faire confiance ; à croire, non en lui, mais en nous-mêmes.

Nous avons donc passé du temps en Normandie et en Bretagne, si proche de notre Angleterre finalement. J'ai particulièrement aimé les personnes que nous avons rencontrées : les restaurateurs, les hôteliers, les habitants fiers de nous faire découvrir un vieux château ou un village médiéval aux abords charmants. Nous n'avions pas vraiment prévu d'itinéraire, nous changions de route dès qu'une personne nous parlait d'un endroit magique, incontournable, qu'il tenait à partager avec nous.

Lors de notre passage à Paris, nous sommes allés rendre visite à ma tante Agatha. Elle était changée : marquée et amaigrie. La femme flamboyante avait laissé sa place à une dame amère et sans joie, hantée par ses souvenirs. Elle ne s'était pas remise de la guerre. Il faut dire que cette tempête n'a pas seulement laissée son empreinte par les destructions, la blessure n'a pas été superficielle. Les marques des êtres qui l'on vécut, ou même partagé ont été profondes. Comment rester indifférent ? Moi, je n'ai rien vécu de tragique, aucun membre de ma famille, aucun de mes amis n'a été blessé ; mais la guerre ne vit personne revenir indemne de son passage. Une fois que ce laps de temps arrêté entre avant et après, où les instants cessent, fût terminé ; il ne restait rien. Que des cœurs maladroits de joie et d'ivresse répétant que c'était fini. Mais l'espoir est le panache de l'Homme. Rêver, reconstruire, même si personne ne put jamais oublier. Tout comme Agatha, j'appris la tragique déchéance de Daniel. Traumatisé par ses années de combat, il s'était réfugié dans l'alcool. Quant à sir Hector, il était mort d'une crise cardiaque pendant la guerre, chez lui, en Égypte.

Plus mes carnets se remplissaient de clichés et plus, dans mon esprit, naissait l'idée d'un livre consacré à mes ciels. Mon père m'y encourageait vivement et pendant plusieurs années, nous organisions toutes nos vacances dans le sens de mes pérégrinations photographiques. Ainsi, l'Irlande et l'Écosse, la

Norvège, le Canada, l'Italie, l'Espagne furent au nombre de

nos destinations. Puis, nous nous décidâmes à partir plusieurs

mois aux États-Unis et en Amérique du Sud. Mon père et mes

enfants s'étaient peu à peu aguerris à la vie de voyageurs.

Djéryd et moi étions déjà bien entrainés. Je commençais alors à

penser à quitter Londres. J'avais une envie folle de repartir

vivre un an ou deux dans l'un de ces pays que je traversais.

Chaque fois, je rêvais de rester là, de m'inventer une nouvelle

vie. Chaque fois, je me taisais, mais l'envie ne me quittait pas.

 Je présentais chaque fois mes nouveaux clichés à mon éditeur,

les livres publiés me rapportaient suffisamment d'argent à

présent. Mon père avait placé celui de notre domaine et acheté

une plus grande maison à Londres. La vieille Anne avait pris

sa retraite et nous n'avions repris personne. Djéryd avait

imposé à tous qu'il appartenait à chacun de savoir se nourrir,

laver ses affaires et rendre sa maison agréable. Mon père s'y

plia aussi, bien qu'il eût bien plus de mal avec la préparation

des repas que nul autre. Les enfants adoraient, eux. À

l'époque, j'ai fréquenté un architecte, Paul, mais notre histoire

s'est brisée lorsque j'ai perdu mon père.

Automne

« Ce qu'un homme a cru être, ce qu'il

voulut être et ce qu'il fût. »

Marguerite Yourcenar

C'était l'automne. Il ne faisait pas encore froid, mais la ville s'était recouverte de couleurs brunes, ocre et rousses. Les feuilles des arbres se détachaient, tombant longuement sur le sol, recouvrant d'un tapis de couleur orangé les pieds des passants. Mon père était mort. Comme ça, brusquement, à cinquante-neuf ans. Il avait était un peu malade avant, une sorte de grippe qui n'avait pas voulu partir et voilà, il était mort.

Ce fut terriblement difficile. Je ne regardai plus rien, j'étais éternellement plongé dans mes pensées, incapable de réagir. Le jour de sa mort, je n'ai pas pleuré, j'étais trop abasourdie, je n'avais plus aucune réaction. Mes enfants –Izra surtout– sanglotaient dans les bras l'un de l'autre, frères à nouveau à un âge où les bagarres remplacent les câlins. Moi, j'avais disparu, engouffrée dans une douleur sans nom, un désespoir franchissant le temps : je revivais le jour où, revenant de sept ans d'absence, je vis mon père changé, vieilli et souriant m'ouvrant ses bras comme un désespéré s'accrochant à une branche alors qu'il tentait de sauter d'une falaise. Puis, il fallut organiser les funérailles et, là enfin, me rendant compte à quel point ses conseils et sa rassurante présence me manquaient, je me mis à pleurer.

Djéryd restait à mes côtés, silencieux, émouvant. Louisa-May était venue m'épauler, malgré la naissance imminente de son deuxième enfant. Elle prenait toutes les décisions avec Djéryd.

L'enterrement fut calme, balançant entre la désolation de la perte et la tristesse du lendemain sans. Je devais apprendre à vivre sans lui. Mon père était mort, et malgré toute la rage, tous les cris et pleurs possibles, rien ne pouvait changer ça. Je me désolais de recevoir des condoléances. Je me fichais de ces gens, de leur affliction, je voulais rentrer chez moi, dormir des milliers d'heures et me réveiller sereine à nouveau.

Le temps passait lentement, chaque jour moins long que le précédent. Entourée de mes amis, je pansais mes blessures, me laissant entraîner à nouveau par le rythme de la vie de mes enfants.

Après plusieurs mois, Djéryd finit par m'annoncer qu'il voulait rentrer en Afrique, qu'il voulait mourir chez lui. Je comprenais si bien.

Il me vint alors comme une délivrance à mes souffrances que moi aussi j'avais terriblement besoin de rentrer en Afrique. Je fis part de mon désir à mes amis qui, malgré la tristesse de la séparation, m'encourageaient à partir à nouveau. Ce ne fut pas le cas de mes enfants. Izra ne voulait pas quitter son école et ses copains. Nos discussions furent ardues, tyranniques l'un pour l'autre ; je proposais qu'il suive des cours par correspondance et lui voulait rester chez Louisa-May. Mais après maintes conversations, nous nous sommes mis d'accord pour partir six mois, pour qu'il puisse retrouver sa vie d'avant, ses copains et ses habitudes. Avec Djéryd, nous avons choisi de partir pour le nord-ouest, qui nous été encore inconnu, en commençant par le Maroc. Dans l'avion, je racontais à mes fils ma première rencontre avec l'Afrique. Le monde des couleurs et du soleil où, malgré le brouhaha incessant des habitants, l'âme peut enfin respirer en paix.

Oasis

« Il n'y a pas de chemin qui mène au bonheur,

Le bonheur est le chemin. »

Dr Wayne W. Dyer

À notre arrivée à Marrakech, la citée orientale par excellence, j'avais l'impression de rentrer chez moi. La ville était surmontée des montagnes de l'Atlas, trépidantes pointes hurlant vers les nuages.

Mon pays : celui des souks, du thé à la menthe brûlant, des hautes dentelles de pierres semblant aussi légères que du papier, des odeurs de safran, de cumin, de cardamome, des beaux plats de céramiques, de riches vêtements colorés et brodés. Toute cette vie sentait celle qui emplissait mon âme, le sang de mes veines coulait ici, calme et régulier.

Tout autour de la cité se dressaient des remparts de tonalité ocre, plus ou moins claire et lumineuse selon l'intensité du soleil. La Koutoubia dont le minaret était notre seul point d'orientation lors de nos flâneries dans la médina avait, elle aussi, était bâtie dans une pierre rose. La place Jemaa el-Fna était le centre de la ville, attirant les curieux par ses marchands et ses conteurs, ses porteurs d'eau et vendeurs de fruits, ses musiciens et acrobates, charmant les badauds par leurs intenses négociations, leur verve et leurs brusques éclats de rire. La fête suivait encore son cours dans nos yeux de longues

heures et nous avons trouvé le sommeil ainsi, souriant, à

moitié endormis, à nos légers souvenirs de la courte visite de

Marrakech.

Par chance –et surtout par bonheur-, nous avons élu

domicile au Mamounia, hôtel merveilleux à l'architecture

purement orientale, pour les deux semaines que nous sommes

restés dans cette citée. Peuplé de patios, et de suites sublimes,

l'hôtel était construit dans de belles matières : marbre de

Carrare pour les colonnes, zelliges partout. Les

moucharabiehs, merveilleuses séparations en dentelle de bois,

restituaient un peu partout le charme de l'Égypte que j'avais

connu jadis. Tout semblait si calme en ce lieu que le silence et

le repos venaient naturellement.

Mes fils étaient subjugués par ce qui m'avait fait vaciller

presque dix-huit auparavant. Toujours les couleurs, la lumière

et ces gens incroyables. Nous achetions toutes sortes de

produits : sacs de laine, babouches de cuir travaillé, bonnets

aux multiples motifs, caftans brodés, foulards, grandes lampes de fer forgé, plats à tagine, paniers, verres à thé et tapis. Tout cela embaumait la conquête, l'aventure, à pied ou en voiture vers le mystère, l'étranger, l'inconnu.

William s'amusait, dans de grands tissus rouges, au chevalier berbère :

— Makayane mouchkile, répétait-il à Djéryd souriant.

— Pas de problème, disait le vieil homme, répondant en anglais à la phrase en arabe.

Izra se passionnait pour la cuisine marocaine : il voulait tout goûter, tout essayer. Les dattes fourrées, les beignets de poissons, les olives aux assaisonnements variés. Kefta –viande hachée épicée-, limouns confits, ouarka –crêpes- composant la pastilla, tagine, rghaïf, cornes de gazelles, roses des sables, tout semblait nouveau, émergeant d'un monde et de sens différent.

Durant nos quinze jours, nous remplîmes nos souvenirs, nos sacs et nos pellicules de merveilles ancestrales, de couleurs et d'ambiances.

Enfin, nous sommes partis pour Atar en Mauritanie. J'avais eu envie –ainsi que Djéryd- de retrouver le désert dont la force me manquait.

J'essayais de ne plus penser à mes pertes : mon père, Stephen, sir Hector et Jonathan, mort aussi en quelque sorte. J'avais envie de soleil, de conscience, de silence et de solitude. Le désert était l'unique lieu où il me semblait obligatoire d'être muet et d'écouter son cœur, alors même que j'étais accompagnée. Le désert, insensiblement, me ramenait près de moi-même, m'évitant de me perdre dans la douleur ou le remords. J'avais mal, mais je ne sentais plus rien. J'étais aveuglée, les yeux dans le soleil, par la force de la vie.

Nous sommes partis vers l'oasis de Terjit où nous sommes restés plusieurs jours : palmiers et source calmaient lentement mon cœur.

Izra vint me voir alors que je photographiais le coucher de soleil.

—Finalement, j'aime bien être ici. J'ai hâte d'entendre mes amis me dire que j'ai de la chance d'être ici pendant qu'ils font des maths !

—C'est la meilleure partie du voyage !

Il prit soudain son air sérieux, le même qu'il avait quand il faisait des exercices compliqués :

—Tu veux rester en Afrique avec Djéryd ?

—J'aimerais, mais je sais que tu dois aller à l'école pour réaliser ton rêve de devenir avocat ou ce que tu voudras d'autre…

—C'est vrai, mais les études par correspondance ça peut être bien aussi. Par contre, il faudra que j'aille à l'université en Angleterre. D'accord ?

—D'accord.

—Il faut se trouver un endroit, quelle ville tu as préférée ?

—Je ne sais pas trop, attends qu'on ait fini notre voyage.

—Au Sénégal, peut-être…

Ma vie prenait un nouveau tournant, et je ne remercierais jamais assez Izra de me l'avoir accordé ; il m'a sauvé la vie autant que j'ai pu le faire pour lui. Djéryd fût ravi, plus même.

Il pensait que je repartirais et qu'il resterait seul. L'idée que sa famille d'adoption restait à ses côtés lui donnait un large sourire béat. William, somme toute, trouva cela normal. Il avait une telle habileté à se faire des copains n'importe et à détester l'école qu'il trouva ce choix tout à fait à son goût.

Autant de lumière

« Profitez des choses insignifiantes, car un jour,

en y repensant, vous pourriez découvrir

qu'elles étaient essentielles. »

Anonyme

Nous avons poursuivi notre voyage pour le Sénégal et, bien que nous aimions tous beaucoup le Maroc, nous avons décidé de nous installer à Dakar. Comme ça, sur un coup de cœur. Le cadre, les gens, la vie grouillante de joie et, tout près du grand océan, une immense maison de bois, peinte aux couleurs africaines. Enfin, je pus dire : chez moi. Un lieu qui me ressemble, que j'ai créé de mes mains.

Nous sommes arrivés en 1956, l'année où le Sénégal obtenait un semblant d'indépendance. La loi-cadre Deferre partageait les colonies francophones en huit états, ce fut l'avènement de Léopold Sédar Senghor. J'étais heureuse qu'un tel homme soit à la tête du Sénégal, j'aimais ses poèmes, je défendais ses idées, je partageais son pays. Les Français avaient laissé l'Afrique dans un état pitoyable, ponctionnant ses richesses sans lui rendre honneur.

Tandis que je m'occupais de la maison, de nous faire parvenir nos affaires de Londres, grâce à Louisa-May et d'inscrire mes enfants à l'école française de Dakar, Djéryd rencontrait nos voisins, les gens de notre quartier. Il était plutôt bien accueilli, alors que l'on m'évitait. Je comprenais

très bien : les envahisseurs partaient et je venais vivre dans

leur pays. Le rapprochement se fit grâce à Djéryd qui me

défendait aux yeux des autres. Il prenait le temps de leur

raconter nos aventures et, peu à peu, les gens venaient vers

moi. Ce qui profitait également à mes fils.

Un après-midi, Djéryd vint me voir, nous installant sur une

murette, face à l'océan. Il avait eu une idée, quelque chose qui

lui tenait à cœur depuis longtemps et dont nous parlions très

souvent depuis que nous avions quitté le grand continent :

rendre à l'Afrique ce qu'elle nous avait donné. Il me dit que la

situation des enfants était catastrophique, qu'il avait rencontré

beaucoup de jeunes qui ne savaient ni lire ni écrire, qu'il fallait

faire quelque chose. Notre maison était largement assez grande

pour une classe de quartier et aussi pour, ce qui me tenait le

plus à cœur, une petite bibliothèque. Au début, Djéryd me

disait qu'il se chargerait de tout –pour me convaincre, mais

j'aimais cette idée et m'investissais énormément dans ce projet.

L'école n'était pas obligatoire, nous étions donc parfaitement aptes à nous substituer à l'état. Au tout début, les quatre ou cinq premiers mois, nous n'avions que six élèves, les fils de nos voisins qui venaient seulement deux heures chaque matin. Je leur enseignais le français et Djéryd l'histoire et la géographie africaine. Il tenait beaucoup à leur transmettre la vérité de leur pays. Nous savions qu'il faudrait du temps pour nous faire accepter, pour qu'ils se rendent compte que notre action était sans arrière-pensée. La rumeur d'une école gratuite, ouverte tous les jours et ouverte à tous nous ramenait donc de nouveaux élèves, des garçons âgés de treize à quinze ans qui tenaient à connaître le français. Cinq élèves de plus, uniquement des garçons. Le manque de fille fit monter ma colère. J'allais voir nos voisines, j'essayais de les convaincre que l'instruction des petites filles était importante, qu'elles auraient peut-être un meilleur avenir en sachant lire et écrire, plus qu'en aidant leurs mères aux tâches ménagères. Il me fallut trois mois d'ardeur pour convaincre l'une d'elles de m'envoyer ses quatre filles deux fois par semaine, en début d'après-midi. La vie sociale de Dakar fit le reste et, bientôt, toutes les fillettes du quartier venaient une à deux fois par semaine. Jamais je n'aurais cru qu'apprendre leur manquait tant, toutes les classes étaient d'un silence absolu, les devoirs étaient toujours faits, on me demandait toujours plus, si bien que je demandais à Izra de s'occuper des plus jeunes. En une année de dur labeur, de palabres sans fins, nous avions réussi : les enfants venaient, quand ils pouvaient, le plus souvent possible, de plus en plus nombreux. Je m'occupais aussi d'une bibliothèque, je trouvais les livres et les enfants étaient fiers de les lire à leurs parents. Djéryd et moi nous occupions de recueillir tout le savoir des anciens, de transcrire les vieux contes et tout le savoir oral encore si présent au Sénégal. Je me sentais comme l'archéologue du début, capable de reconnaître la rareté et l'importance de ce que les autres considèrent inutile.

Je prenais de nombreuses photos de nos élèves, des fêtes de quartier, de nos joies, des vieillards, de notre cité, des beautés de notre monde. Pour la première fois, j'avais l'impression de garder une trace du temps, pour eux. Les rires, voilà ce qui rythmait nos journées, les Sénégalais –et Djéryd était d'accord

avec moi- sont les gens les plus drôles de la terre. Nous

parlions des heures durant, l'après-midi, avec le professeur

que nous avions embauché, Aboubacar, et les amis de Djéryd :

j'apprenais, tout comme mes petits écoliers. Mes enfants aussi

étaient heureux : ils avaient des amis, une place dans leur

monde, ils étaient insouciants parce qu'ils se savaient en

sécurité. Je me sentais bien, forte, le sourire aux lèvres. Pour le

premier anniversaire de notre école, je décidais de baptiser ma

maison : Teranga. Ce qui signifie l'hospitalité, l'ouverture, la

chaleur humaine, mon foyer. Je l'avais enfin trouvé, j'étais

devenue celle que j'avais voulue.

Deux âmes se nouent

« Quelle chose délicieuse qu'un être

soit crée pour le bonheur d'un autre. »

Henrik Ibsen

Une fête fut donnée en l'honneur de l'un de nos voisins. Danses, musique et cuisine en couleurs. C'est là que je l'ai rencontré.

Il était noir, grand et fin. Il avait un joli sourire et portait un chapeau vert et jaune. Sa démarche était aussi légère que celle d'un chat, mais il était fort. Il avait des yeux fabuleux, d'une couleur à l'eau. Les yeux ont toujours été pour moi la seule écriture d'un être, et les siens m'allaient droit au cœur. C'était incroyable ce garçon de vingt-sept ans qu'on appelait l'étudiant et qui travaillait d'arrache-pied à réparer les vieilles voitures.

— Je m'appelle Sam Oliah, me sourit-il en me tendant la main.

— Bonjour.

Je sentais curieusement mes joues s'empourpraient.

Il faisait des études pour être docteur, m'expliquant que dans son village à l'est de Dakar son père était guérisseur. Je passais toute cette fête avec lui, ce jour et les suivants. Semaine après semaine, mois après mois, nos deux âmes se parlaient, se répondait l'une à l'autre. C'était comme découvrir une part de soi à travers l'autre. Et l'autre comme un miroir. On le comprend mieux que soi parfois. Combien de journées et de nuits avons-nous discuté, nous sommes-nous dit tout de nos blessures passées, de nos joies et de nos désirs ? Combien de fois ai-je espéré lui dire à quel point j'étais amoureuse ?

Je n'osais pas, je ne voulais pas briser la magie qui s'était installée entre nous. J'étais la caractérielle, la rebelle, la franche, mais avec lui, je n'étais plus que moi. J'avais peur, et quatre mois durant, j'attendais un début d'encouragement. Djéryd qui avait tout remarqué semblait rire de moi.

Un jour, j'ai essayé de lui dire, mais les mots s'étaient tous envolés, partis. Le flot de mes émotions ne pouvait plus se contenir, elles débordaient. Les larmes se mirent à couler. J'approchais alors simplement de lui et l'embrassais. Il me rendit mon baiser et me serra dans ses bras. Nos âmes s'étaient nouées, puis nos corps se sont attachés –déchirés- l'un à l'autre.

Je ne lui ai jamais dit je t'aime. Le jeu consistant à deviner le sentiment de l'autre m'a toujours fasciné. Je ne voulais pas savoir ce qu'il éprouvait. Je savais ce que moi je ressentais, jusqu'où j'allais et ce que ça impliquait. On dit que l'amour est aveugle, c'est faux. Il a une perception plus juste des êtres, il voit les réalités sans que la personne soit cachée par les apparences.

Le premier été à Dakar, entourés de tous nos amis, Sam et moi, nous nous sommes mariés. Pour la première fois, je savais que je ne serais plus seule. Ma famille comprenait mon amour pour cet homme joyeux, charmeur et parfois grave. Mais, les autres se demandaient ce qu'une célèbre photographe anglaise pouvait faire avec un noir de dix ans son cadet, aux chapeaux multicolores.

À l'automne, Izra partit vivre en Angleterre, à l'université de Cambridge où il poursuivait des études de droit. Je ne comprenais pas pourquoi il voulait être avocat, mais je le laissais faire. Il semblait passionné, intarissable sur les lois internationales –son domaine de prédilection. J'avais l'impression qu'il avait grandi plus vite que moi. Il était fort, responsable, et je pensais que ma tâche auprès de lui était finie.

Mais, comme avec mon père, il avait besoin d'un abri, d'un
guide, de bras réconfortant. On en a toujours besoin. J'étais fier
de lui, sentant déjà l'homme qu'il allait devenir.

En décembre, j'annonçais à mes amis que j'étais enceinte.
J'abandonnais ainsi la charge de mon école à Abou, tout en
continuant d'habiter Teranga. Sam resplendissait de fierté et
de joie. Mon médecin de mari s'occupait de moi, s'assurant
que j'allais bien, que je ne souffrais pas. Il s'endormait la tête
contre mon épaule, le sourire aux lèvres, rêvant de nos
lendemains radieux. A trente-six ans, je mis au monde un petit
Daniel, prénom de mon vieil ami dont je venais d'apprendre le
décès. J'invitais Katherine, que j'avais retrouvée en Égypte, à
nous rejoindre, mais malade, elle ne put se déplacer.
Daniel fut un rayon de bonheur, c'était un bébé joyeux et il
faisait rire toute la maisonnée. Grâce à Izra, je me rendais
compte de l'importance de ce que l'on enseigne à un enfant. Je
décidais que Will et Daniel devaient se forger leurs propres
passions, leurs propres forces. Je comprenais qu'ils avaient
besoin de se tromper, de faire des erreurs pour grandir et

avancer. Sam leur rendait l'image d'un homme accompli, aimant et combatif. Il leur apprenait à devenir pères, chose que je ne pouvais leur transmettre. Tout à coup, je me rendais à l'évidence : grandir sans une mère –ou sans un père, m'avait, sans que je le sache, rendue différente des autres parce que je ne savais pas ce qu'était une mère.

Le temps passait et je me consacrais à ma jolie famille, prenant au hasard les photos de mes enfants, de notre maison et de nos amis sénégalais. J'avais l'impression que tout avait changé, en fait j'avais seulement un soleil resplendissant dans le cœur. La vie se déroulait dans le bonheur. Bien sûr, nous avions notre lot de problèmes et d'ennuis. De graves problèmes financiers et, quelques mois durant, la peur de perdre la maison, des problèmes pour garder notre école, les brillantes études d'Izra semblant tomber à l'eau. Les premiers problèmes de santé de Jane également, mais doit-on garder les doutes et les mauvais moments en souvenirs ?

Je ne veux conserver en mon cœur que les instants de soleil, même s'ils sont souvent entourés de brume et de pluie.

L'âme vagabonde

« La vie ne nous donne pas ce qu'attendent

d'elle les enfants capricieux, mais

seulement ce que lui arrache de force

les courageux et les audacieux. »

Mikhail Sltykov-Chtchédrine

Voyages. Ailleurs. J'avais beau le combattre pour être auprès des miens, je savais que je ne pourrais me défaire de mon amour passionné pour la vie errante. J'étais définitivement une fugueuse. Mon esprit flânait dans les ruines du palais d'Angkor ou dans les rues de Rio. Je partais, sans aller jamais très loin. J'emmenais Sam et mes fils à Londres et au Maroc. Et nous sommes même allés en Afrique du Sud, mais ces voyages étaient trop courts pour étancher ma soif.

Izra décida de poursuivre ses études en France. Je le laissais faire à sa guise, sentant qu'il était trop décidé pour que je puisse le détourner de son but. De nouvelles perspectives s'ouvraient à lui, et je ne compris que plus tard ce qu'il voulait faire réellement. Lors de cette année à Paris, il rencontrait une jeune étudiante à la Sorbonne, de cinq ans son aînée, Marielle. Quelques mois après leur rencontre, ils emménagèrent ensemble.

Djérid vieillissait à vue d'œil ; il se tassait chaque jour un peu plus, ses cheveux et sa barbe se poivraient, il restait assis des heures face à l'océan, lui qui était toujours si dynamique.

Le matin, vers onze heures, je le rejoignais et restais à côté de

lui jusqu'à l'heure du repas. Il souriait dans le silence, et

parfois, lorsque l'humeur s'y prêtait, nous discutions de nos

voyages, du temps qui passe, de nos écoliers, de mes fils. Nous

passions encore beaucoup de temps à profiter de ses poèmes et

de sa douce et fantasque sagesse.

Quelques mois plus tard, Djéryd s'endormit dans la mort. Je

fus triste bien sûr, mais, d'une certaine manière, Djéryd

m'avait préparé à son départ depuis longtemps, depuis que

nous étions revenus en Afrique. Il m'avait tout dit de ce qu'il

voulait, et il ne voulait pas que je sois trop triste. Il m'avait

écrit un poème. L'histoire d'un homme à qui dieu refusa d'être

père, mais à qui il donna une fille, blonde tandis qu'il était

noir, aux yeux clairs, alors que les siens étaient foncés. Mais

que malgré tout, il se sentait le plus fier et le plus heureux des

pères. J'avais déjà compris que c'était sa manière de me dire

adieu, de me dire ce que je représentais pour lui avant de me

laisser seule. Mais, contrairement à mon père, je peux dire que

j'ai profité de chaque instant avec lui. Alors sa mort n'eut pas mes regrets. Quelle chance j'ai eu de l'avoir rencontré, de l'avoir gardé comme ami si longtemps !

Je consolais Sam, qui avait eu un amour démesuré pour Djéryd. Il l'avait mis sur un piédestal, sage d'entre les sages. Izra était revenu précipitamment avec Marielle. Il éclatait en sanglot à la vue du corps froid du vieil homme, la jeune Marielle faisait preuve d'un grand sang-froid, réconfortant comme elle pouvait les crises de larmes de son compagnon. William semblait vaincu par la peur, il avait quinze ans, et cette première expérience le choquait, il en restait longtemps marqué. Tout à coup, après cela, il voulait partir à nouveau. Sayanne et sa famille arrivèrent en catastrophe. Elle pleurait dans mes bras de longues heures durant, puis elle se ressaisit, tentant d'effacer la peine. Je lui dis qu'elle et sa famille étaient des nôtres, qu'ils pouvaient venir à Dakar chaque fois qu'ils le voulaient, que c'était aussi leur maison.

Après cette période difficile pour tous, nous avons décidé de prendre le large. Sam aimant passionnément la navigation, nous achetâmes un petit bateau nommé L'aventure et partîmes vers les îles de l'océan indien en contournant l'Afrique par le Nord. Ainsi, nous découvrîmes les ports : Gibraltar, Tunis, Palerme. Puis par le canal de Suez, nous avons rejoint l'île de Zanzibar, les Seychelles, Madagascar, les Comores, l'île Maurice et La Réunion. Je prenais des centaines de photos des maisons créoles, de la luxuriante végétation, des paysages parfois volcaniques, des plages, des gens. La vie sur une île est toute différente de celle des continentaux, et je me régalais de la prise de clichés témoignant de leur culture, de l'importance de la pêche, de la nature. Tout frappait mon œil de photographe.

Pendant ce temps, Izra avait eu son diplôme d'avocat et avait demandait Marielle en mariage. Revenus de notre tournée des îles, nous attendions tous la fête du mariage avec excitation. Izra semblait comblé. Tout se déroulait à merveille, même si je prenais tout à-coup conscience de l'âge insistant : j'avais quarante ans.

Will, pour faire des études convenables, rejoignit Marielle et Izra qui s'étaient installés en Angleterre. Sam, Daniel et moi reprîmes la route. Un célèbre magazine américain me contacta, par l'intermédiaire de mon éditeur, pour réaliser, chaque mois, un reportage sur une ville ou un pays. J'acceptais le marché et décidais de faire visiter à mes lecteurs les îles de l'Amérique centrale. Haïti, Puerto Rico, la Guadeloupe, la Martinique, Saint-Vincent, la Barbade, Grenade. Je prenais un malin plaisir à montrer toutes les faces de ces petits pays : leurs beautés, leur grandeur, mais aussi ce qu'elles avaient d'écœurant, de bas. Mes reportages semblaient avoir un grand succès : lorsque nous revenions à Dakar, beaucoup de courrier m'attendait. Souvent, il s'agissait de félicitations, parfois même de conseils pour mes futurs périples.

Sam était ravi : j'avais inclus dans mes trois pages de reportages un petit billet d'humeur qu'il écrivait. Il exerçait sa profession de médecin sur Dan et moi, ainsi que sur toute personne malade que nous rencontrions. Partout où nous passions, il posait des questions sur les méthodes médicales. Depuis son enfance auprès de son père, guérisseur, il s'intéressait à la manière non occidentale de soigner : les plantes utilisées, les conseils donnés aux patients, les lieux où

l'on examinait. Il notait chaque ressemblance entre les

méthodes de tel ou tel pays, sur tel sujet ; puis il mettait en

évidence les anecdotes croustillantes, ce qui à l'évidence

n'avait aucun effet et ce qui lui semblait pertinent. Il finit par

créer une sorte de carte des méthodes médicales qui

s'agrandissait au fur et à mesure de nos pérégrinations. Il

rendait compte de son travail à un ami de l'université, devenu

chercheur en France. Il était rémunéré par un magazine

scientifique qui prenait part à ses recherches et les publiait

dans un reportage, comme pour moi, mais uniquement basé

sur la vie médicale. Ainsi, nous travaillions ensemble : nous

choisissions les lieux, il posait des questions aux guérisseurs et

je réalisais les photos illustrant ses découvertes. Nous faisions

l'école à Daniel, pour qui apprendre à lire, à écrire et à compter

était une véritable corvée.

En 1965, Marielle mit au monde un petit David. J'étais

grand-mère, à quarante-quatre ans. Izra était content de lui, et

William, âgé de dix-neuf ans, fou de joie à l'idée d'être oncle. Il gardait le bébé pour soulager Marielle, tout en poursuivant ses études de littérature.

Un été, il rentra à Dakar pensif, perdu. Il passait son temps à jouer avec son petit frère. Daniel était ravi d'être sa coqueluche, et il aimait son frère par-dessus tout. Il le suivait partout. Daniel étant métissé, il répétait à ses jeunes copains que Will était son demi-frère. William finit par me demander qui était son père. Je lui expliquais tout : la rencontre, l'amour, la cassure, le départ. Il prenait ces informations comme vitales, je me rendais compte à quel point nos racines, même les plus douloureuses, sont importantes. Il me dit son désir d'être enseignant et de retourner à Dakar. J'étais plus que fière de lui.

Sam et moi continuions nos projets : partir.

Nous emmenions Daniel, qui grandissait dans de nombreux pays. A dix ans, il connaissait déjà cinq langues. L'anglais, l'arabe, le français, l'espagnol et le portugais. Les langues étaient la seule chose qu'il apprenait avec plaisir. Il n'aimait pas les sciences, la littérature, les mathématiques et l'histoire. Il ne semblait aimer que les voyages. Tout comme moi.

Nous sommes partis en Amérique du Sud où nous avons travaillé sur la région de l'Amazonie. Ces lieux me semblaient encore intacts, fougueux, vivants. Sam était curieux de chaque plante, de chaque insecte. Je prenais des photos du fleuve, de l'immense végétation et des quelques tribus d'aborigènes vivant là. C'est si beau de voir l'homme qu'on aime aussi passionné, partageant avec vous son enthousiasme, ses doutes et ses découvertes.

Au Pérou, je découvrais les merveilles des ancêtres Incas, Mayas, Aztèque et autres. Leurs pyramides ressemblaient tant à celles d'Égypte que je me posais des questions sur les liens entre les deux continents. Les montagnes sur cette terre sont pénibles, et il nous fallut du courage et de l'ardeur pour nous mettre en route vers les sommets de la cordillère des Andes. Là-bas, nous trouvions des lieux magnifiques, dont Machù Picchù, une ancienne cité où les habitants s'étaient réfugiés à l'apparition des envahisseurs européens. Ces nouveautés donnèrent un nouveau souffle à mes reportages.

À cette époque-là, le tourisme venait de commencer tout juste sa percée dans ces pays. Nul doute qu'aujourd'hui mes voyages n'auraient guère plus le sel de l'aventure ou de la découverte. Ils ne sont plus qu'une destination parmi tant d'autres dans les catalogues. Il y avait peu d'hôtels, de restaurants ou de guide. La nature étant encore préservée. Rien n'avait encore abîmé ces lieux. Les usines, les constructions, la déforestation commençaient juste à migrer dans les pays pauvres. Je peux dire que j'ai vu une partie de ce monde avant qu'il ne soit défiguré par les mains de l'homme.

Nous sommes ensuite partis vers l'Asie où nous travaillâmes durant dix ans. Les médecines asiatiques passionnaient Sam, il trouvait toujours quelque chose d'intéressant. Je photographiais toutes les merveilles de ces pays : La Grande muraille de Chine, la Cité Interdite, la vie des Chinois, les temples d'or de Thaïlande, les stupas de Pagan, les couleurs de Bali, les Bouddhas géants, les fleuves secrets, les montagnes sacrées, les cités, les trésors. Tant de merveilles à voir, à collecter, à découvrir. Je me sentais l'âme des premiers aventuriers, ceux qui remontèrent le Nil jusqu'au lac Victoria, ceux qui traduisirent les hiéroglyphes, ceux qui ramenèrent les vieux temples à la surface. Mon âme s'envolait dans le temps, faisant renaître les palais dans leur grandeur d'autrefois. Je savourais chaque départ, chaque traversée, chaque lieu. Tout ce que je voyais restait en moi, comme si j'étais moi-même devenue la pellicule sur laquelle s'amoncèlent les beautés, les souvenirs.

La Chine reste, pour moi, le pays de la découverte, de l'exotisme à l'état pur. Le mode de pensée même est différent du nôtre, il se dégage de ses habitants une douce nostalgie, une beauté simple que l'on retrouve dans les paysages du Guangxi, du Sichuan, du Shandong et de la Mandchourie. J'ai, de ce pays, des souvenirs, des images fabuleuses : les monts Xinggan se réveillant dans l'aube brumeuse, les Chinois répétant, chaque matin, les mouvements immuables de leur douce gymnastique sur le Bund de Shanghai, le temple du ciel, les temples d'été à Pékin, et l'endroit que j'ai préféré : Suzhou. On la surnomme la Venise verte, mais elle n'a rien à voir avec la ville italienne : c'est un lieu paisible, ancestral. Pour moi, l'essence même du jardin d'Eden. La Chine me permit de savourer une fois pour toutes la vie merveilleuse qui était la mienne. J'étais enfin parvenue à tout avoir : ma famille, mon mari, et mes rêves. Tout, sans que rien ne s'entrechoque. J'avais l'impression d'avoir arraché le bonheur, d'avoir eu assez d'audace pour le construire sans attendre qu'il arrive de lui-même. Je me levais, certains matins, avec l'impression qu'un monde s'était réveillé en même temps que moi ; que la vie que j'avais était belle, simple –autant qu'elle peut l'être pour des nomades.

En 1974, alors qu'il n'avait que dix-sept ans, Daniel se fit engager au culot par un journal anglais pour être correspondant. Il décidait, comme ses parents, de continuer les voyages tout en y ajoutant un sens, un partage relatif avec ceux qui ne pouvaient pas partir. Il fut tout de même obligé de parfaire son savoir en passant par une école pour devenir journaliste. Deux ans de calvaire selon lui.

Pendant ces deux années, Sam et moi nous retrouvâmes

seuls pour la première fois depuis que nous nous connaissions.

Lorsque ces deux années furent terminées, j'avais cinquante-

cinq ans. Déjà, les randonnées devenaient plus difficiles, les

courses photographiques plus éprouvantes, le repos plus

nécessaire. Je me sentais vieillir lentement, insidieusement.

Sam aussi, il semblait en avoir assez de partir. Nous voyons

chaque été le petit David grandir et nos enfants vieillir aussi.

On ne pouvait pas lutter contre le temps qui passe

Izra m'avoua enfin qu'il souhaitait devenir diplomate, ce qu'il

devint l'année suivante : il se fit embaucher comme conseiller

par les Nations Unies. Il partit donc s'installer à New York

avec toute sa famille.

Daniel fut nommé correspondant au Caire. Lors d'une courte

visite, nous le rejoignîmes. Je faisais visiter ma ville, qui avait

bien changé, à Sam. Les boutiques, le bazar, les mosquées…

Alors que nous nous baladions, quelle ne fut pas ma surprise

lorsqu'une petite voix frêle me cria Ellie. Je me retournais et semblais ne rien voir. Une dame d'une cinquantaine d'années me regardait dans les yeux, esquissant un petit sourire.

— Bonjour Ellie.

— Bonjour.

— Comment vas-tu ? Ça fait si longtemps.

— Bien, je vais bien, chuchotais-je.

La dame me regardait attentivement.

— Tu n'as pas changé. Tu es toujours la petite femme blonde de mes souvenirs.

Je l'examinais me demandant qui pouvait bien être cette femme. Dans quel pays avais-je pu la rencontrer ?

— Quel hasard de nous retrouver tout près de El-Azhar ?

Je me demandais, était-ce possible ?

— Emily ?

— Oui, Emily.

Je la pris dans mes bras, nous ne nous étions pas revues depuis presque trente ans, et elle m'avait reconnue dans la rue. Elle vivait à présent au Maroc, mais revenait souvent dans l'Égypte de son enfance. Nous discutâmes de longues heures et elle m'avoua être sûre, durant toutes ces années, qu'elle me verrait

ressurgir un jour, au détour d'une boutique ou d'une ruelle.

Elle vivait seule, son mari venant de mourir et n'ayant pu avoir

d'enfants. Elle avait une maison au Maroc où elle m'invitait à

venir la voir. J'acceptais, lui précisant que j'habitais à Dakar.

Sam et moi nous nous décidâmes à visiter l'Europe ensemble.

Je redécouvrais les lieux magiques que j'avais déjà visités ;

mais avec Sam, c'était comme comprendre enfin un tableau

que l'on a toujours connu. J'aimais, avec plus de passion

encore, nos trois mois en Italie.

À Rome, les ruines de l'ancien forum, le Colisée, l'arc de

Constantin, la fontaine des tortues, le théâtre de Marcellus –à

la fois en ruine et debout-, le temple de Vesta, la bouche de la

vérité, la basilique de St Paul, lieu absolument magique, la

basilique Ste Marie Majeure, la basilique St Jean du Latran,

sorte de mélange entre deux édifices : l'un blanc et romain et

l'autre ocre et plus récent, la fontaine de Trèves, le merveilleux

escalier menant à l'église de la Trinité, le panthéon, le Vatican.

Plus loin, les villas Borghèse et Médicis, le palais Farnèse.

Toujours plus grand : cette ville toute sa vie durant s'était lancé

des défis pour faire toujours mieux. Tout se mélangeait :

antique et contemporain, pierre et marbre, Romains et

touristes. Rome appartient à tous ceux qui s'y arrêtent,

chérissant ces gloires d'un passé finalement commun à tous.

Venise m'apparaissait encore plus grande que la première fois

: la place St Marc avait pris de la marge sur l'eau, les canaux

qui me semblaient si frêles étaient devenus des torrents, les

quelques touristes s'étaient transformés en raz de marée.

Je baladais Sam dans les lieux les plus insolites, les plus

époustouflants. Blottie au détour d'une rue, une petite église

aux chefs-d'œuvre incontestés, les palais partout cachés par

l'eau, mystérieux, car inaccessibles. J'étais fière de savoir que

j'avais vu tant de choses que certains n'ont même pas le

pouvoir d'espérer atteindre un jour. Je cueillais chaque beauté

s'offrant à mes yeux, chaque seconde de bien-être, de joie. Je

goûtais à nouveau la vie, comme un enfant découvre le miel.

Un été, William, qui avait trente-six ans, vint me voir. J'avais

déjà compris, inconsciemment, qu'il ne désirait pas se marier.

Je ne l'avais jamais vu avec une fille. Si bien des mères, à l'époque, pouvaient être choquées non pas des faits, mais par la simple vérité, ce ne fut pas mon cas. J'avais attendu patiemment qu'il fasse seul ce chemin, l'ayant pressenti depuis longtemps…Je m'en veux, maintenant, j'aurais dû aller vers lui, l'aider plus encore. L'écouter, l'accompagner pour le délivrer plus vite de son secret. Ce qui nous pèse, nous hante, nous empêche d'être libres. Et c'était la seule chose que j'ai toujours voulu donner à mes fils. Et, sans le comprendre, je l'en ai privé pendant longtemps…

J'avais soixante et un ans et mes fils s'inquiétaient de nous voir partir encore, Sam et moi. Mais nous étions bornés et ne les avons pas écoutés. Nous sommes allés vers l'Europe du Nord ; Norvège, Suède, Finlande…

Mais le choc thermique fut rude et je tombais malade. Ce ne fut pas bien grave, mais nous avons alors dû rentrer. Nous sommes donc partis rejoindre Emily au Maroc. Elle y avait acheté une vieille maison abandonnée qu'elle avait rénovée et qu'elle appelait la Maison aux Fleurs, à Meknès. Cet endroit était charmant, ensoleillé et calme. Nous y restâmes quelques semaines à nous reposer, choyés par notre hôte. Daniel fut nommé correspondant à Istanbul en Turquie. Il nous invita à le rejoindre, mais nous rentrâmes à Dakar.

Là-bas, j'eus un accident qui me fit boiter pour le restant de mes jours. Alors, sur le conseil insistant de Sam, nous sommes partis pour Istanbul, auprès de notre fils et de sa petite amie, Keta, originaire de Côte d'Ivoire.

Quelques mois plus tard, William, vint s'installer à Teranga, avec son compagnon, professeur lui aussi, Michaël. Ils reprirent la direction de notre école. La même année, David épousa une jeune Américaine Terry. J'étais vraiment une vieille dame.

La vieille cantatrice

« Pour moi, tout consiste à faire la chasse au bonheur.

Ce serait affreux de mourir avant d'être mort. »

Jean Giono

Istanbul, la 'vieille cantatrice parée de ses plus beaux bijoux'. Le Bosphore, éclairant de son azur, les palais d'été des anciens notables donne tout son tempérament à cette ville. Carrefour des continents : près de l'Europe, de l'Asie, au cœur arabe. C'est encore pour moi une ville aux merveilles, on peut tout y trouver : toutes les atmosphères, les jardins qui enchantent le monde, les épices aux mille couleurs et odeurs, la vie dans ce qu'elle a de brûlant, de vif, de sage, de planant.

Du palais de Topkapi à la basilique Ste Sophie, de la mosquée au Grand Bazar, tout semble chanter la nostalgie. Les traces encore si vigoureuses de son passé légendaire, le fourmillement de ses vendeurs, le repos, semblant perpétuel, des Turcs qui savourent la vie et se tuent à la tâche. Ici, tout est contradiction : beauté et laideur, détente et travail, joies et larmes. La vieille cantatrice a des rides, soit, sa voix se fait moins pure avec l'âge, c'est vrai. Mais elle possède toujours le charme, la voix se pose encore avec subtilité et elle reste parée de ses plus beaux atours.

Je me baladais souvent, avec Sam, le long du Bosphore.

Quelle réjouissance de continuer à vivre dans un lieu aussi

beau !

Sam, à presque cinquante-cinq ans, venait de finir un livre sur

les médecines pratiquées dans les pays étrangers. Il était fier de

ce qu'il avait accompli, et heureux de vivre à Istanbul, près de

son fils. Daniel était resté un jeune homme turbulent. Il était

toujours joyeux, vif et drôle. Il débarquait chez nous –c'est-à-

dire juste en face de chez lui- à n'importe quelle heure. Il

mangeait un morceau, nous demandait si tout allait bien, et

repartait aussi vite qu'il était arrivé.

À Istanbul, je cueillais le silence, la beauté et les sourires du

monde. Je me sentais calme et sereine. Sam aussi ressentait

cette force, et cela renforçait encore notre complicité. Même à

notre âge, on avait encore l'occasion d'apprendre à nouveau,

de nous passionner, de nous enthousiasme, comme des

enfants. La beauté du monde vient de notre cœur, répétait

Djéryd. C'était vrai : être heureux, cela vous donne une vision

plus enjolivée des choses. Pourtant, rien n'avait changé. On dit que les choses changent, c'est faux. Les choses ne changent pas, c'est la vision que nous avons d'elles qui change et donc, c'est nous. Mais ce n'est pas un changement total, c'est juste une évolution. Au fond, on est toujours soi, seuls quelques infimes détails changent, mais pour nous, êtres complexes, ces infimes détails nous font voir l'horizon différemment. La vie est trop belle pour la gâcher en ne s'acceptant pas tel que nous sommes, il faut apprendre à faire ce que nous croyons juste, même si on se trompe. C'est ainsi qu'on apprend, et que les infimes détails changent notre vie. L'évolution d'un être est un bienfait. Il faut accepter que notre bonheur soit empreint de doutes, de peur. C'est ainsi que nous savons si notre vie est belle : quand on a peur de perdre ce qu'on a construit.

Arrière-grand-mère. L'enfant de David : Mattie. La première fille, depuis moi, à porter le nom de Caldwell. J'étais fière de ce petit bout d'être. Ce qu'une femme peut ressentir lorsqu'elle sait qu'une autre la remplace est un bonheur indescriptible. Six ans plus tard, Sam devint grand-père pour la première fois : Keta mettait au monde la petite Flora Eléonore. La jeune femme avait souhaité qu'elle porte mon nom, mais Dan avait argué que ce serait une tâche trop lourde à porter. J'étais tout à fait d'accord. Sam, lorsqu'il apprit la nouvelle, pleurait de joie. La vie était la chose qu'il chérissait le plus au monde, en tant qu'homme, en tant que père et surtout, en tant que médecin. Quelques mois plus tard naquit le petit Jake, frère de Mattie.

La vie recommençait, lentement, à se frayer un chemin jusqu'aux portes du monde. La mort, elle aussi, reprenait son cours. J'appris la mort d'Emily par un notaire qui m'annonça que j'étais la nouvelle propriétaire de la Maison aux Fleurs. Je pleurais en moi-même, doucement, mais sans tristesse. Je suis trop vieille pour le regret.

Alors, enfin, je pensais à ma propre mort. Je vais bientôt mourir, c'est là une vérité, une évidence. Je voulais, curieusement, rentrer chez moi.

En 1995, Sam et moi sommes retournés sur notre continent et avons élu domicile à la Maison aux Fleurs. Laissant ainsi à William la charge de Teranga. Enfin, l'Afrique, ma sœur, ma mère, ma maison.

Ma chère Afrique, je veux mourir le cœur contre ta peau.

Défigurer le temps

« Des matins si beaux,

j'en ai cueillis parfois. »

Jean-Jacques Goldman

16 mai 2006. Maroc, Meknès.

Mattie s'installa sur son lit, et entreprit enfin d'ouvrir le gros paquet que lui avait laissé sa grand-mère du bout du monde. Son grand-père Izra lui parlait souvent d'elle. Des heures durant, il la prenait enfant sur ses genoux, feuilletant les albums de photos prises par sa mère, et lui racontait comment elle l'avait sauvé d'une mort certaine, de son pays, de gens qu'elle ne connaissait pas, mais qui semblaient avoir été si important pour lui. Loin de cette dame âgée vivant éloignée des États-Unis, elle avait fait d'elle l'héroïne fascinante de ses histoires d'enfant. Elle l'avait aimée sans la connaître vraiment, se fiant aux sentiments des personnes qui l'entouraient. Puis, plus tard, elle l'avait rencontrée plus souvent : chaque été, dans des pays lointains. C'était si merveilleux cette personne qui l'aimait même à des milliers de kilomètres, qui la serrait dans ses bras à l'étouffer, qui, ne l'ayant pas vu depuis une année entière, lui parlait comme si elles s'étaient quittées la veille. Elle lui prenait la main, la posant sur son bras, lui apprenait quelques mots d'arabe, lui parlait de ses fils, de son

mari, de tant de choses qu'elle regrettait déjà de ne plus se

souvenir.

Elle m'apprenait qui je suis, pensa Mattie.

Toute sa courte vie –elle avait vingt ans, elle avait considéré

cette personne comme un être à part, exquis et bizarre,

n'interdisant pas aux enfants de crier et de courir. Elle était si

fière face à ses camarades de classe ; elle parlait de cette vieille

dame anglaise qui habitait Istanbul ou le Maroc, elle montrait

ses livres de photographies et, l'espace d'un court instant,

Mattie sentait qu'elle possédait quelque chose de rare. Elle lui

avait appris à chérir ceux qui se tiennent à nos côtés, à croire

en ce que nous aimons et à défier les idées faciles.

Elle ouvrit délicatement l'enveloppe posée sur le dessus, sur

laquelle était inscrit : Pour Mattie. À l'intérieur du carton, la

jeune femme devinait un manuscrit écrit à la main. L'encre de

la lettre semblait récente, comme si la vieille Ellie avait su que

sa fin serait proche alors qu'elle était morte dans son sommeil.

Tout à coup, l'image de la vieille dame vint frapper les yeux de

Mattie : son corps semblait simplement endormi dans le froid de la mort. Ses si beaux yeux bleus s'étaient refermés doucement sur le sommeil. Ellie avait voulu être habillée de l'une de ses robes bleues préférées et de son petit médaillon doré. Elle semblait paisible, souriant insolemment aux gens qui pleuraient de l'avoir tant aimé.

« Ma chère petite Mattie,

Je souhaite laisser un message à mes petits-enfants et mes arrière-petits-enfants vous raconter ce que j'ai vécu parce que le contact avec nos racines nous permet d'avancer. Je ne veux pas, par faiblesse, vous priver du savoir de l'âge, de la transmission du passé aux plus jeunes. Pour le moment, Jake et Flora sont trop jeunes pour que mes mots puissent avoir une résonance dans leurs cœurs, alors Mattie tu seras la première. Je te charge de faire lire ces lignes à ton frère et ta cousine lorsque tu sentiras qu'ils seront prêts à se plonger dans la vie de leur vieille grand-mère. Cela n'arrivera peut-être jamais !

Mattie, je ne serais pas là lorsque tu seras diplômée, mais sache que tu émeus mon cœur d'avoir choisi l'archéologie. Je sais ta passion et t'encourage à la suivre, à écouter ton instinct et à résoudre ces mystères que tu affectionnes tant.

Ne sois pas trop triste de ma mort, Mattie, elle est venue tard, je l'attendais avec joie et elle est la seule aventure qui me restait à accomplir. Prends soin de toi et des gens que tu aimes.

Je t'embrasse tendrement,

Ta grand-mère,

Eleanor Caldwell. »

Mattie détacha la petite cordelette qui retenait les feuilles, puis commença la lecture d'une sorte de lettre qui leur était adressée :

« Pour mes petits-enfants : Mattie, Jake, Flora et ceux à venir.

J'ai quatre-vingts ans, comment ai-je pu atteindre un tel âge ?

Le temps est parfois déraisonnable. Il se faufile, se termine, s'envenime, se dépense sans que l'on y puisse rien faire. Il pique, il tue, il laisse vivre. Je me demandais parfois, étant jeune, ce qui pouvait pousser ces gens âgés, semblant porter la vie comme un fardeau, à continuer à vivre. Maintenant que je me retrouve dans leur position, je comprends que je n'ai rien à voir avec eux. J'ai toujours dévoré la vie. J'ai encore l'impression d'être jeune : pas physiquement bien sûr, mais je ne suis pas lasse de la vie et ne le serais jamais. Je suis encore curieuse, passionnée par le monde, par ce dont il regorge. Je me sens touchée par tous, par tout. Je suis au centre du monde et non à l'écart. J'ai encore tant à apprendre, tant à donner. Jusqu'au dernier moment, je veux me sentir en vie.

Je sais combien les leçons de morale sont ennuyeuses, mais peut-être qu'un jour de mélancolie ou de tristesse vous prendrez ces mots dans votre âme et les comprendrez. Savez-vous combien les mots sont incroyablement beaux ?

Du premier au dernier mot d'une vie, ils sont tous si fascinants. À la fois mystérieux, familier, intimes et contradictoires. On peut tout dire avec et pourtant, parfois, on n'a pas de mots pour décrire ce que l'on ressent. Alors, on fait des phrases, des lignes, des paragraphes, des pages, des livres pour dire ce que l'on a sur le cœur.

Je ne veux pas vous laisser croire ce que vos familles vous raconteront sur moi. Non, je n'ai pas toujours été sage, je n'ai pas toujours pris les bonnes décisions. J'ai fait des erreurs, des fautes impardonnables, j'ai pris à cœur des choses qui n'avaient pas d'importance, j'ai été furieuse, folle, mélancolique. Mais peu importe ce que l'on a été, c'est ce que l'on devient qui compte : les erreurs nous aident à grandir. Elles font partie du chemin vers le bonheur. Et de toute manière, je n'ai jamais cru au remords. Je voulais retrouver la vie au-delà des sens, au-delà des apparences.

À présent, je ne sais plus quoi penser : comment décrire cette chose si précieuse qu'est une âme lorsqu'elle n'a pas peur du lendemain ? Lorsque l'on sait que peu importe les évènements, le jour demain se lèvera et cela suffira à nous donner le sourire. Et sachant que ne pas avoir peur, c'est d'abord ne pas avoir peur de soi, d'être seul : se parler, s'écouter pour apprendre. S'angoisser pour le futur ne sert à rien. Il faut croire en soi, en sa capacité à affronter les évènements, à être fort. Plus que si le Sort ne vient pas nous provoquer. Que serais-je aujourd'hui si je n'avais connu l'échec, l'erreur, la souffrance, la défaite ou la perte ?

J'aimerais vous dire de ne pas choisir trop tôt. Ne décidez pas comme un enfant : je veux ça et c'est ainsi que ce sera. C'est se faire mal. Laissez-vous toujours une porte ouverte, ne faites pas tous les choix de votre vie en un seul jour. Laissez-vous des surprises, des mondes à découvrir, des passions à naître. Ne vous enfermez pas dans l'illusion qui veut que tout soit parfait simplement parce qu'on ne remet jamais le bonheur ou la perfection en doute.

Nul ne sait de quoi demain sera fait, mais n'en ayez pas trop peur. Dévorez la vie, parce qu'en y réfléchissant bien, en philosophant, en méditant, discutant, polémiquant ; vous vous rendrez compte que c'est là la plus grande des sagesses : vivez ! Ne regardez pas la vie comme un champ de bataille où l'on risque de souffrir ou de mourir. Voyez la vie comme les enfants, comme une salle de jeux inexplorée où il reste tant à découvrir, à apprécier avant de mourir, de partir pour, peut-être, un autre terrain de jeu.

Il est parfois difficile de vivre en notre monde. Surtout pour toi, petite Flora. Tu es noire et je préfèrerais de beaucoup t'épargner les mots racisme, haine, insulte, xénophobie ; mais, vois-tu jeune fleur, cacher la vérité c'est empêcher qu'elle se brise et qu'elle meure d'elle-même. Sois courageuse, donc, et ne te permets pas d'être comme eux.

J'aimerais vous dire combien ma vie fut merveilleuse malgré les quelques horribles moments que j'ai traversés. J'ai été terriblement heureuse. Heureuse à se sentir invincible, avec cette force immense de vivre dans un monde à soi, où tout est possible, beau et rempli de joie. Un monde que rien ne peut détruire.

Une fois le bonheur atteint, puis terminé, il reste en nous. Douleur sourde, intense, aimée et chérie que l'on veut approcher de nouveau, pour se remplir encore de cette chaleur merveilleuse, de cette joie éblouissante que l'on recherche toute sa vie. Pour trouver ma place en ce monde, je suis partie chercher loin ce que j'avais tout près de moi : en moi, finalement.

Si l'Homme, depuis toujours, croit en bien des choses : Dieu, l'amour, l'amitié… C'est parce qu'avant tout, il a besoin des autres pour croire en lui-même. J'ai eu besoin de partir loin pour savoir d'où je venais, j'ai senti l'importance d'un père lorsque j'ai abandonné le mien. On apprend tant de choses lorsqu'on part : à quel point on aime, on déteste ou on supporte les êtres. À quel point les supporter est une catastrophe ! Nous ne devons pas vivre dans le tiède ou l'indifférence, mais dans la passion. Les défaites, les blessures, les pleurs, les immenses douleurs, tout cela n'a pas d'importance. Ce qui importe, c'est de savoir que rien n'empêche jamais d'être heureux à nouveau.